約會大作戰

行星六喰

橘 公司
Koushi Tachibana

Kadokawa Fantastic Novels

彩頁／內文插畫　つなこ

精靈

THE SPIRIT

存在於鄰界，被指定為特殊災害的生命體。發生原因、存在理由皆為不明。
現身在這個世界時，會引發空間震，給周圍帶來莫大的災害。
再者，其戰鬥能力相當強大。

處置方法1

WAYS OF COPING 1

以武力殲滅精靈。
但是如同上文所述，精靈擁有極高的戰鬥能力，所以這個方法相當難以實現。

處置方法2

WAYS OF COPING 2

——與精靈約會，使她迷戀上自己。

行星六喰

Planet MUKURO

SpiritNo.6
AstralDress-ZodiacType Weapon-KeyType[Michael]

序章　星辰的覺醒

在既是天空，又不是天空的場所——

既是世界，也不是世界的地點——

一名少女飄浮在幽暗漆黑的空間中。

宛如石頭——

宛如塵埃——

宛如碎屑——

少女就只是「存在」於「那裡」。

她已經逐漸成為自然的一部分、世界的一部分。不抵抗、不抗拒、不干涉、不受干涉，就只是一直飄蕩在名為無的安定中。

沒有人看見她的身影，也沒有人聽見她的聲音。不——重點在於，這世界上根本沒什麼人知道她的存在吧。

但是，她卻從未因此感到不滿。

就連些微的寂寞、少許的猶豫、一絲的焦躁——

不對，不僅如此。

甚至連歡喜、快樂——以及戀慕。

她封閉的心靈都不曾懷抱過任何情感。

不過，這樣就好。因為她渴求的是寂靜，是安穩。

——然而——

那一天，她的身邊卻出現了不請自來的客人。

巨大的鐵塊，長手長腳、歪七扭八的人型。

這些異形侵犯了她的領域。

她不會干涉任何東西。

但是，唯獨受到干涉時，她內心的一部分還殘留著必須排除掉對方的意念。

究竟有多久沒有產生過這種情緒了？

她——睜開了雙眼。

「…………………………………………………………哦？」

她自言自語，伸展原本蜷曲的身體。久未活動的骨頭和肉體發出輕聲哀號。

「……哦？還以為喚醒我的是何方神聖呢，原來是一群異形啊。」

少女舉起手後，低聲呢喃某個「名字」，手上便握住一把巨大的「鑰匙」。

她將鑰匙的前端指向巨大的影子。

「——真是礙眼，消失吧。」

那一天。

地球最惡劣的天災清醒了。

第一章　新年參拜

聽說新年參拜時，添油香並非添越多就越好。

最有名的就是扔五圓硬幣，發音同「有緣」。但要是投六十五圓，諧音就會變成「沒什麼好緣分」，而扔五百圓硬幣的話，則是因為五百圓硬幣是最大的硬幣幣值，諧音就會變成「不會產生更大的效果」。大手筆添了平常人會添的一百倍油香錢卻沒有效果，不是很悲慘嗎？

雖然可以理解成神明不會因為添油香的金額多寡而特別保佑誰，但要是油香錢是一萬圓紙鈔，諧音就會同「圓滿」，非常吉利，這樣又該如何解釋呢？

當然，身為高中生的士道還沒有膽子添一萬圓的油香。士道懷抱著感謝神明大慈大悲的心情，扔了五圓硬幣，搖響鈴鐺，行了兩次禮、拍兩次手，再行一禮。

「…………」

然後閉上雙眼，在心中許願。

其實，士道並不認為神明會真的坐在本殿的內部，實現參拜者的願望。再說，日本的神明數量之多，就好比是聚集了眾多的專家。要其中一尊神明去應對所有參拜者許下的各式各樣的願望，未免太殘酷了吧。

不過，士道也不認為這種行為完全沒有意義。

每個人都擁有願望、期盼與目標。但出乎意料的，並不會在日常生活中特別意識到它們的存在。

當然，如果是考生或是戀愛中的少女，或許會經常在心中描繪自己的願望吧。但他們一定也很少去注意平常享受到的平凡幸福或是自己身處的環境吧。

壯健的人不會許下希望自己能用雙腳走路的願望，富裕的人不會許下希望自己能糊口飯吃的願望。

當然，這些都是極端的例子，但是每個人都擁有自己沒有察覺到的幸福。照理說每個人都希望這些幸福能永遠持續，卻反而故意不去重視。

所以——士道許下願望。

向神明許願，希望自己能重新自覺。

希望現在的幸福能永遠持續下去。

「……呼。」

士道輕輕吐了一口氣後睜開雙眼，抬起頭。

然後望向左右方。兩邊站著幾名少女，正雙手合十做出與剛才士道同樣的動作。

士道的右手邊分別是十香、折紙，而左手邊則是耶俱矢、夕弦。

沒錯。她們都和士道一樣就讀來禪高中——同時也是士道過去封印力量的精靈。

她們全都盛裝打扮，誠心祈禱。許願的時間比士道還久……她們究竟在許什麼願望呢？

「唔。」

當士道正在思考著這種事情的時候，站在他身旁的十香睜開她那水晶般的雙眸，抬起頭。整齊綁起的漆黑頭髮觸碰著臉頰，在陽光的照射下閃閃發光。

「喔喔，讓你久等了，士道。」

「不會，沒關係。妳許了什麼願？」

「嗯。我希望今年也能吃到一大堆好吃的食物！」

「哈哈，原來如此。」

還真像十香會許的願望呢。士道不由得揚起了嘴角。看來他今年也必須大展身手，秀一手好廚藝了。

當士道正在思索晚餐要做什麼菜色的時候，十香補充般接著說道：

「我還許了另一個願望。」

「嗯？」

「希望能跟士道還有其他人永遠在一起。」

十香露出太陽般的笑容說了。士道一瞬間瞪大雙眼——

「是啊，妳說的沒錯。」

然後溫柔地點頭笑道。

此時，八舞耶俱矢、八舞夕弦兩姊妹正好參拜完畢，將兩張一模一樣的臉轉向士道。

「喔，妳們兩個許了什麼願啊？」

士道詢問後，耶俱矢突然舉起手放到自己的面前擺出十分帥氣的姿勢。她穿著橙色與黑色兩種顏色搭配設計的和服。

「許願？呵呵……還以為汝要說什麼呢。本宮不過是來瞧瞧治理這片土地的神明有多少能耐罷了。看來，似乎是懼怕本宮的威嚴呢。」

「告密。耶俱矢說謊，她小聲地許願說：『希望今年能轉大人。』」

「妳不要講得一副像是真的一樣好嗎！我只不過是希望能跟士道約會——」

話還沒說完，耶俱矢抖了一下肩膀。

被人指名道姓提出來還真是令人感到不好意思。士道搔了搔臉頰，移開視線。

「呃，這個嘛，我會……妥善處理。」

「…………！」

耶俱矢瞬間滿臉通紅。夕弦見狀，發出「唔噗噗……」的竊笑聲。

「微笑。真是太好了呢。」

「真是的！討厭耶！」

夕弦說完，耶俱矢便淚眼婆娑地輕輕捶打夕弦。

「躲避。好痛，很痛耶，耶俱矢。」

「喂、喂，別影響到其他人啊……」

士道苦笑著制止兩人。

士道一行人正在五河家附近的神社。由於已經一月四日，熱鬧的程度不比前三天，不過還是能看見零零星星遲些日子來參拜的人們。

耶俱矢也察覺到這一點了吧，只見她紅著臉調整呼吸，拍了拍臉頰試圖打起精神。

「……好了，冷靜下來了。黑暗的神力啊，請保護本宮。」

「這……這樣啊。那我們差不多該走了……嗯？」

正當士道帶著大家打算離開本殿前時，發現還有一名雙手合十的少女。

少女——折紙穿著白底印了紙鶴圖案的和服，嘴裡唸唸有詞，專心一意地在祈禱。

「折紙？」

「拜得還真久……是在許什麼願望呢？」

耶俱矢露出興致勃勃的表情走向折紙，將耳朵湊近她。

於是，數秒後。

「…………！」

耶俱矢聽見折紙輕聲低喃的話語，臉蛋立刻紅得像猴子屁股一樣，退到後方。

「耶……耶俱矢？」

「唔？折紙說了什麼嗎？」

十香一臉納悶地走向折紙。於是，耶俱矢慌慌張張地猛搖頭制止十香。

「等一下！不行！十香聽這些話還太早了！」

「唔……？」

「折紙，她到……到底在許什麼願望啊……」

看見耶俱矢的模樣，士道不由得冒出汗水。就在這個時候，折紙許完願，抬起頭望向他。

「妳……妳許完願嘍，折紙？」

「…………」

士道詢問後，折紙便一語不發地點了點頭，撫摸著肚子，猛然豎起大拇指。

「準備完畢。」

「準備什麼啦！」

士道發出夾雜著哀號的聲音，手扶著額頭唉聲嘆了一口氣。

「總……總之，後面的人在等，我們走吧。」

聽見士道說的話，精靈們點了點頭。士道對排在後頭的參拜客低下頭，像是在表達「不好意思，驚擾各位了」之後，離開香油箱前。

然後在人少的區域停下腳步，四處張望。

「呃，琴里她們在哪裡啊？」

士道找尋著妹妹琴里的身影如此說道。琴里和其他精靈也有來新年參拜，但香油箱的大小限制了一次能參拜的人數，因此分成幾個小組進行參拜。

「喂——哥哥。」

就在這個時候，後方傳來熟悉的呼喚聲。

士道回頭望向聲音來源，看見琴里的身影後瞪大雙眼，發出「喔」的一聲。果不其然，琴里和其他面孔都在那裡，但是——眼前卻有另一件令他在意的事情。

站在士道身旁的十香似乎也發現了那件事，疑惑地將頭側向一邊。

「唔？琴里，妳在做什麼啊？」

也難怪她會有這種反應。因為琴里等人所在的位置擺放了一張開會時經常使用的那種長桌，精靈們以及其他參拜客手裡都拿著筆，熱衷地在寫些什麼。

「嗯。」

身穿紅色和服的琴里晃動著用白色緞帶紮起的頭髮，展示她手上的物品。

那是房屋形狀的小木板，上方綁著繩子，能垂掛起來。

沒錯。那就是所謂的繪馬（許願牌）。

「喔喔，那是什麼？」

「這叫作繪馬。把願望寫在上面，掛起來，願望就能實現喔。」

「什麼！妳說的是真的嗎！」

聽見琴里說的話，十香的眼睛散發出閃耀的光彩。

「唔，七夕還有剛才的參拜，有那麼多可以實現願望的活動啊。好棒啊！」

「啊哈哈……但也不是一定會實現啦，別太期待了。」

士道苦笑著說完，十香便用力地點頭回答：「嗯！」

「我知道。畢竟神明也滿辛苦的嘛！」

她如此說著，一副靜不下心的樣子搖晃身體，凝視士道的眼睛。士道望向八舞姊妹，發現她們也露出類似的表情。

「來都來了，就寫吧。」

「好耶！」

聽見士道說的話，精靈們發出喜悅的聲音。

士道看見她們如此開心，心情也壞不到哪裡去。他苦笑著幫所有人買繪馬，發給十香她們。

「好了，那我們去空著的桌上寫吧。」

「嗯！」

十香一行人興高采烈地拿起放在桌上的筆。

士道也有樣學樣地拿起筆，望向已經開始寫繪馬的精靈們。

「哦，妳畫得很棒嘛，四糸乃。」

士道窺視身旁四糸乃的繪馬說道。繪馬的右半部畫著一隻戴上眼罩的可愛兔子。

「謝……謝謝你的誇獎……」

四糸乃有些難為情地羞紅了臉頰，抬起頭。黃綠色的和服以及整齊綁起的頭髮，使她看起來比平日成熟一些。

「呵呵呵，對吧！士道真是有眼光～」

於是，戴在四糸乃左手上的手偶嘴巴一開一合地贊同士道的意見。她也穿著跟四糸乃一樣的和服，模樣跟四糸乃畫在繪馬上的如出一轍。

「是啊，畫功真了得。這麼可愛的繪馬，神明也比較容易看見吧。」

士道說完後，四糸乃便有些害羞地笑了。

「啊……可是，七罪跟二亞的繪馬也畫得很棒喔。」

「咦？」

士道循著四糸乃的視線抬起頭——抽動了一下眉尾。

兩名少女在離其他人不遠處，面對面塗寫繪馬……但是，環繞在她們四周的氛圍跟周遭截然不同。

穿著深綠色和服的嬌小少女與穿著羽絨外套的眼鏡少女，分別使用好幾種不同顏色的筆，在小小的畫板上描繪穿著振袖和服的可愛少女的插圖。

這麼說起來，似乎沒什麼好奇怪的，但是……兩人表現出來的模樣，與其說是在新年和樂融融地塗寫繪馬，倒不如說像是漫畫家在截稿日逼近時趕稿的樣子。

而且，兩人畫出來的插圖直逼專家水準（應該說，其中一人真的是職業漫畫家），自然而然便吸引了周遭民眾的注目。

「喂……喂，妳們兩個。」

士道出聲搭話後，七罪和二亞便抬起頭，像是現在才終於發現士道站在她們旁邊。

「……啊！」

「喔，少年，你怎麼那麼慢啊。」

把嚴重的自然捲收乾淨綁起來的七罪抖了一下肩膀，沒怎麼梳裝打扮的二亞則是露出親切的笑容，推了推眼鏡。

「哈哈……畫得真好，不愧是職業的。」

士道苦笑著說完，二亞便得意洋洋地挺起胸膛。

「沒錯。我好歹也是一介漫畫家，可不能隨便亂畫啊。」

說完，二亞靈巧地旋轉手上的筆。

相反地，七罪則是一臉難為情地用手遮住畫著插圖的繪馬。

「……我只是被二亞慫恿，可不是因為想畫才畫的……」

「咦咦！妳畫都畫完了，還說這種話啊？剛才我們不是才說好，要在漫畫這條路上共同打拚的嗎？」

「我哪有說啊！什麼漫畫這條路啊！」

七罪忍不住大叫出聲。二亞哈哈大笑後，將視線移回士道身上。

「不過，七果（NATTSUN）真的滿有前途的喔。老實說，我想要一個助手，怎麼樣啊？我想我付得起一定的薪水，如果妳有興趣，我也可以介紹編輯給妳認識喔。」

「……不用了，我沒興趣。話說，七果是……？」

「咦？是外號啊。到了我跟妳這種交情，自然會叫外號嘛。」

「咦！我們什麼時候感情那麼深厚了……」

即使七罪臉頰流下汗水如此說道，二亞也一副沒在聽的樣子，感慨萬千地交抱著手臂，繼續說道：

「順便解釋一下，『七果』是妳的名字『七罪（NATSUMI）』跟『堅果（NUTS）』結合在一起而成的。妳想嘛，是不是有種躲在殼裡的感覺？就像開心果一樣，給人一種從微微打開的殼縫偷看外頭的印象。」

「……噗！」

士道的腦海裡輕易便浮現七罪從硬殼的隙縫慢慢探出頭窺視外頭的想像畫面，忍俊不禁地笑了出來。

「…………」

七罪露出鄙視的眼神凝視著士道。士道乾咳了幾下掩飾自己的失態後，面向二亞。

「對……對了，二亞妳真的沒關係嗎？〈拉塔托斯克〉好像也有幫妳準備和服耶……」

士道望著跟平常打扮差不多的二亞如此說完，二亞便揮了揮手。

「嗯，沒關係。我以前曾經穿過一次當作畫漫畫的參考資料，結果實在很難活動。況且我基本上很不起眼，回頭率超低的。只要能看見大家穿得漂漂亮亮的，我就心滿意足啦。」

「是嗎？我覺得二亞穿起和服也會很漂亮的。」

士道隨口說完，二亞一瞬間瞪大了雙眼，揚起嘴角，露出滿足的笑容。

「嘿嘿嘿，怎麼，少年？開春不久就開始把妹啦？真是『精』力旺盛，英雄本『色』啊。」

「咦？啊，不是啦，我沒有那個意思。」

「嗯～～呵呵呵，不過，原來少年你鍾愛和服喔。看到從凌亂的和服露出的肌膚會感到興奮嗎？好，那我就把這個送你吧。」

二亞說著聽起來有些下流的話，從口袋裡拿出繪馬遞給士道。

「嗯？這是什麼？妳還買了另一塊喔……」

士道將視線落在那塊繪馬上後，屏住了呼吸。

這也難怪。因為上頭畫著一名少年趴在敞開和服前襟的美少女身上，遊走在十五禁邊緣的猥褻插圖。順帶一提，插圖旁邊還寫著「希望遇到這種感覺的幸運色狼。二亞」這種超級具體的願望。

「二……二亞，這是什麼啊！」

「繪馬啊。話說，我一開始畫的是這個插圖，但被你妹妹罵『妨害善良風俗』。自己帶回家也有點不妥，方便的話，你就收下吧。」

「我……我說妳啊……」

士道額頭冒出汗水，發現路人不時偷看他手上的東西後，一臉尷尬地將繪馬收進自己的口袋裡。感覺二亞笑得異常開心。

「不過，七果的事情我是說真的喔。啊，我也想僱用你呢～～」

「我？不是吧，七罪倒也就罷了，我根本幫不上什麼忙吧。」

「這你就錯了，助手的工作可不僅限於幫忙畫漫畫而已喔。就算是只幫忙煮飯、洗衣、打掃，我也超感激的……啊，這樣好像比較接近主夫，不像助手喔。很好，我想到了一個好主意。我們結婚吧，少年。」

「喂、喂……」

士道露出一抹苦笑後，二亞便啊哈哈地發出笑聲。

「不過，我是真的很想要幫忙處理家務的助手。在漫畫方面，只要偶爾跟七果抱在一起，協助我畫些色情的構圖，對我的幫助也很大啊。」

「什麼……！」

「……！」

聽見二亞以輕浮的語氣說出的話，士道和七罪不禁屏住了呼吸。雖然明知道這是二亞平常就愛開的玩笑話，但或許是因為當事人就在眼前，雙方下意識地就會在意彼此。

下一瞬間，才剛聽見一道急促的腳步聲，一名穿著和服的少女立刻就將身體探向長桌上方。

「達令，你們剛才在聊什麼？人家好像聽見你要跟七罪做色色的事！」

高挑的少女如此說道，眼神散發出燦爛的光彩，令人懷疑她體內是不是裝了電池。

「美……美九……！」

少女突如其來的登場，令士道驚訝得瞪大了雙眼。

沒錯。出現在那裡的正是被士道封印力量的精靈，同時也是紅遍全日本，人氣破表的偶像誘宵美九本人。

不過，她現在的表情卻是脫離了偶像這種狹隘的範疇，逐漸開啟了新世界的大門（竭盡所能地表達得非常委婉）。

「啊！你們該不會是在聊要當二亞助手的事情吧？如果達令跟七罪要當，人家也要！人家也要當！盡量參考三人以上的構圖吧！」

美九躺在長桌上情緒激昂地高舉起手。於是，七罪一臉嫌惡地皺起眉頭。

「啊，真的嗎？那真是太感激了。嗯……不過，我記得小美妳是偶像吧？感覺酬勞好像會很高耶～～」

「沒這回事！人家不收酬勞也行！要不然，人家反過來支付費用給妳吧！」

美九猛然豎起大拇指如此說道。結果，她的身體被人一點一點地拉動。士道一探究竟，發現是琴里和十香拉著躺在桌上的美九的腳。

「好了、好了，妳好歹也是個偶像，行為舉止不要那麼怪異。」

琴里不知何時將白色緞帶換成了黑色緞帶，瞇起眼睛吐槽。於是，美九胡亂擺動雙腿抵抗。

「討厭啦！琴里跟十香真壞心！」

「喂——」

「唔，美九，妳不要亂踢啦！」

「喂、喂，等一下，很危險——」

長桌失去平衡應聲倒下，三人也跟著摔落在地。士道立刻伸出手想支撐三人，然而……這卻是個錯誤的舉動。因為士道也受到牽連，一起當場栽了跟斗。

「痛死人了……妳們三個，沒事吧……」

就在此時，士道抖了一下肩膀。

這也難怪。因為不知道是怎麼形成這種局面的，士道竟然趴在十香身上，而十香的和服前襟還敞開來。

「你……你幹嘛啊，士道！」

「哇！抱……抱歉……！」

「討厭！只有達令跟十香這樣，太奸詐了！你們其中一個讓開，換人家來！」

就在士道這群人吵吵嚷嚷的時候，原本站在隔壁桌子的二亞走了過來，撿起應該是跌倒時從士道口袋裡掉出的繪馬。

然後將畫在繪馬上面的插圖與士道等人的姿態做比對，驚訝得瞪大了雙眼。

「真的假的啊？這間神社還真靈驗……」

聽見這句話，士道這才發現現在自己與十香的姿勢正如二亞畫在繪馬上的構圖。

「現在是說這種話的時候嗎……！唔……來，十香，妳站得起來嗎？」

「唔……嗯……」

十香羞紅著臉頰整理好衣襬後，牽起士道的手站起來。

士道等人向周遭的參拜客低頭道歉後，將倒地的桌子擺回原本的位置。

「真是的……小心一點啦。」

「對不起。人家下次會努力趴倒在琴里身上的。」

「…………」

聽見美九說的話，琴里板著一張臉。或許是看見這幅情景，二亞開懷大笑道：

「啊哈哈，觀察你們真的都不會膩呢！」

「這一點都不好笑好嗎……」

士道一臉疲憊地說完，二亞便拿起筆，面向尚未塗寫完成的繪馬。

「好了，看來這裡的繪馬很靈驗，我趕快來向神明許願吧。『希望少年成為我老婆。』」

「就算是開玩笑，至少也讓我當老公吧！」

二亞運筆如飛，在美麗的插畫旁寫下願望。士道忍不住大叫出聲。

「啊哈哈！別那麼計較嘛。那麼，要掛在哪裡好呢——我看看……」

二亞把筆放回原位，單手拿起繪馬，抬起前傾的身體。結果，她的身體一陣搖晃，像是突然頭暈一樣。

「……！二亞，妳沒事吧？」

士道急忙伸出手撐住她的背。於是，她臉上浮現毫無緊張感的笑容，戲謔地用手摀著嘴巴。

「哎呀，少年你好像王子喔。」

她打趣地如此說道，發出嘻嘻嗤笑。不過，士道卻露出嚴肅的表情凝視著二亞的臉。

「別鬧了。妳真的沒事嗎？是不是還是得讓妳在家休息比較好……」

「開什麼玩笑。大家一起來新年參拜這種美少女遊戲中一定會出現的活動，怎麼可以少了我二亞～～」

二亞如此說完縮起肩膀。於是，琴里從士道的後方走向前，輕輕戳了戳她的腦袋。

「到昨天為止還在坐輪椅的人有資格說這種話嗎？……我有讓車子在後面等，如果身體不舒服，立刻跟我說。畢竟妳現在的身體狀態不好。」

「討厭啦，妹妹真是愛操心。我沒事啦。剛才是我故意走路不穩，想讓少年合法抱住我而已啦。已經證實這個方法有效，妹妹妳也可以用用看這一招喔。」

「什麼……！」

琴里聽了二亞的話，皺起眉頭。結果二亞拿起繪馬，一邊哈哈大笑一邊走向掛繪馬的地方。

琴里凝視著她的背影，無奈地盤起胳膊。

「真是的……每次談到嚴肅的話題就馬上扯一堆有的沒的。」

說完，琴里嘆了一口氣。

二亞確實總是特立獨行、難以捉摸。大概是不喜歡嚴肅的氣氛，只要談到嚴肅的話題，她大多立刻開玩笑帶過，要不然就是逃到別的地方去。

但也難怪琴里會擔心二亞，因為二亞前幾天真的差點進了鬼門關。

「…………」

士道想起十二月三十一日的事情，緊咬牙根。

那一天，ＤＥＭ設局讓二亞反轉——強行奪走了她的靈魂結晶。

要是士道他們當天不在現場，或是處理得稍晚一點，二亞就無法像這樣塗寫繪馬了吧。

雖然二亞好不容易保住一命，但還無法就此安心。因為敵人得到了二亞反轉後的魔王〈神蝕篇帙(Beelzebub)〉，日後ＤＥＭ針對精靈們的攻擊勢必會更加猛烈吧。這個憂慮也是士道向神明許願，希望平凡的日常生活能一直持續下去的原因之一。

另外——

還有一件事情令士道很掛心。

「琴里，之前提到的那件事……」

「嗯。」

士道用其他人聽不見的輕聲細語詢問後，琴里便了然於心地輕輕點了點頭。

「我們已經在調查了。不過老實說，目前還沒有確切的證據。」

「——這樣啊。」

士道垂下視線如此回答，然後突然想起元旦早晨二亞告訴他的話。

「原本就是精靈……？『精靈基本上不都是從人類變來的嗎』？」

◇

跨年不久後的一月一日黎明時分。

精靈們在大廈頂樓觀賞日出時，坐在輪椅上的二亞說出這句話。

好一陣子，四周瀰漫著沉默。

有人單純感到訝異，有人試圖理解這句話的含意，有人則是沒頭沒腦地因為所有人感到吃驚而跟著想擺出吃驚的表情……雖然每個人的反應有微妙的差異，但全都對二亞的發言啞然失聲。

不過，這也無可厚非。

——精靈。

存在於鄰界，被指定為特殊災害的生命體。

其發生原因及存在理由皆為不明——唯一能確定的，就是當她們現身在這個世界時，會引發人稱空間震的現象。

另外，從琴里、美九和折紙等人的實例，也可得知藉由將靈魂結晶埋入體內，便可將人類變成精靈。

沒錯。在士道等人的認知中，精靈和人類是不同的存在，琴里等人變成精靈是異常現象。

然而，二亞的話卻顛覆了這個邏輯。

當然，若是士道等人能輕易地接受這個論調，也就不會啞然無言了。十香以及其他一開始就是精靈的精靈，與琴里她們原本是人類的精靈不同，過去並不清楚這個世界的事。而七罪和八舞姊妹似乎早已多少習慣人界，但那也是經過頻繁的靜穆現界而習得的知識，從未聽說自己原本是人類。

話是這麼說，但也無法將二亞說的話當作是隨口胡謅的謊話，這也是不爭的事實。

雖然二亞的靈魂結晶被奪，失去了大部分的能力，但她所擁有的〈囁告篇帙(Rasiel)〉是無所不知的天使。換句話說——它能破解所有安全防護，得到二亞想要的情報。就算過去的二亞知道士道等人不清楚的精靈資訊也不足為奇。

士道嚥了一口口水。如果二亞說的沒錯，那麼他原先以為本來就是精靈的那些精靈——

「——我開玩笑的啦。啊哈，嚇到了嗎？」

就在士道陷入沉思的時候，二亞打破沉默，以戲謔的語氣如此說道。

「…………什麼？」

士道聽見出乎意料的發言，不禁目瞪口呆，發出錯愕的聲音。

「妳……妳在搞什麼鬼啊，二亞？」

「嗯？我想說通常漫畫在這種時候來個衝擊的事實會掀起高潮，沒想到大家的反應比我想像的還要吃驚。」

說完，二亞吐出舌頭傻笑。

士道呆站了幾秒後，嘆了一大口氣。

「我說妳啊……」

「嘿嘿嘿，抱歉、抱歉。不過，你不覺得精靈其實全是人類變來的這種說法很有趣嗎？我個人是一直很想提倡這個說法。」

士道對毫無愧疚感的二亞再次嘆了一口氣。琴里以及其他精靈也做出類似的表情。

「好了，那我們差不多該回去了。這裡很冷。」

琴里聳起肩如此說道，精靈們便點了點頭，走回建築物內。士道也推起二亞坐的輪椅，跟著走回那個方向。

就在這個時候，二亞回頭望向士道，隨後發出輕聲細語：

「——少年，等一下到病房來。」

「咦？」

聽見二亞難得語氣嚴肅，士道一雙眼睛瞪得老大。

不過，這時二亞已經恢復以往的聲調。

「少年，你是怎樣？很冷耶，快點回去吧。還是說，你要用體溫溫暖我嗎？」

二亞如此說著，抱住自己的肩膀扭動身軀。

「…………」

士道懷疑剛才的話是不是他聽錯了，推著輪椅走進建築物內。

——然後，大約經過了一個小時。

士道讓精靈們回到公寓和家裡後，獨自走在〈拉塔托斯克〉地下設施的走廊上，來到二亞的病房。

確認房號後，他「叩叩」敲了敲門。於是門內傳來含糊不清的聲音。

「是～～請進～～」

「二亞，我來了。你找我有……」

士道打開房門，說到一半便止住了話語。

因為他看見房間內除了二亞以外，還有另一個人影。

「咦，琴里？妳怎麼會在這裡？」

沒錯。含著加倍佳棒棒糖的琴里正坐在放在病床旁的圓椅上。

二亞輕輕點了點頭，回答士道：

「因為我也有叫妹妹過來。畢竟她是〈拉塔托斯克〉的司令嘛。我想好歹得先跟她講清楚比較好。」

「先講清楚……是指什麼事？」

士道詢問後，琴里便豎起嘴裡的加倍佳糖果棒。

「──是剛才那件事的後續吧？」

說完，琴里面有難色地交抱雙臂。士道不由得瞪大雙眼。

「剛才那件事，是指精靈原本是人類……的事情嗎？那不是開玩笑嗎──」

「嗯……我脫口而出後，覺得不應該在純精靈組在的地方說這種事，就立刻打馬虎眼裝傻，結果你們好像都相信了。這也算是多虧了我平常愛開玩笑的行為吧？」

二亞吐了吐舌頭。士道瞇起眼睛輕蔑地看著她。
「……用我知道的詞彙來形容，比較接近愛喊狼來了的『狼少年』吧。」
「死相，竟然說少年是狼。你很色耶！」
「我說的就是妳現在這個樣子。」
士道冷漠地說了。事實上，由於二亞平常說話總是不正經，才能成功蒙混過去吧。
不過如此一來，有一件事實便浮上了檯面。
「……也就是說，剛才說的話是事實嘍？」
士道重新整理思緒如此說完，扭動身軀的二亞便停止動作，回望他。
「沒錯。不過，也不全都是事實。不對，這麼說也有語病。有一件事我希望你們能明白，就是無所不知的〈囁告篇帙〉並非萬能的。」
「這是什麼意思？」
「這個嘛，從頭解譯的話——」
就在二亞打算娓娓道來的時候，門把突然轉動，隨後房門應聲打開。
若是醫務官要回診，時間未免太晚了。士道循聲望去——大吃一驚。
「折紙！真那！」
沒錯。來到二亞病房的，是剛才還一起待在屋頂的折紙以及身穿與二亞相同病服的少女。

「妳們兩個，到底為什麼跑來二亞的病房……啊，難不成折紙也是被二亞叫來的嗎？」

士道詢問後，折紙便默默地搖了搖頭。

「她沒有叫我來。不過，我在屋頂上發現二亞的態度有異，所以想來問清楚。」

折紙如此說完，望向二亞。二亞雙手按住心臟一帶，做出逗趣的動作。

「咦！這種心靈相通的感覺是怎樣？害二亞內心都小鹿亂撞了呢。」

「…………」

折紙一語不發沒有回應，站在她身後的真那便大聲說道：

「我是打算去廁所，結果看見兄長的身影，想起有件事一直想問卻找不到機會問。然後剛好在那裡遇見鳶一上士罷了。」

真那說完後，二亞抽動了一下眉毛。

「等一下，妳剛才說什麼？」

「咦？就是有件事我一直沒有機會問——」

「不是不是！不是那裡！上一句！」

「看見兄長的身影？」

「兄長！」

二亞像是受到天啟的虔誠神職者般雙手交握，露出陶醉的神情。

「好讚啊！我第一次在現實生活中聽見只在二次元聽過的夢幻稱呼之一！兄長！欸，我說，妳可以再說一遍嗎？」

「……這……這個人是怎麼搞的啊……」

真那板起臉孔向後退。士道苦笑著伸出手指向二亞，介紹道：

「她是本条二亞，是精靈——在當漫畫家。我昨天才剛封印住她的靈力……不過發生了許多事，她正在這裡住院。」

「哈囉哈囉～」

二亞揮了揮手。真那低頭行了一個禮後，將手抵在胸前自我介紹。

「我是崇宮真那。是兄長的妹妹，也是個巫師。不久前還在〈拉塔托斯克〉當戰鬥人員，現在則是被琴里囚禁。」

「喂！幹嘛把我說得像是壞人一樣啊！誰教妳要逞強啊！」

聽見真那說的話，琴里不滿地大聲抗議。不過，二亞卻表現出對其他事情更有興趣的態度，將手抵在下巴。

「咦，妳是少年的妹妹嗎？」

「我從剛才開始不就一直喊哥哥兄長了嗎？」

「啊，抱歉，我聽見『兄長』這個詞太感動了，沒有去思考這個詞代表的意義。」

「…………」

士道的臉頰流下一道汗水。這一點她倒是完全沒變。

「咦？等一下，可是少年的姓氏是五河吧。難不成有什麼複雜的家庭因素？還是說——啊，該不會是妹萌的少年讓妳喊他『兄長』的吧？」

「為什麼事情會變成這樣啊！」

聽見二亞說的話，士道忍不住大叫出聲。二亞將手放在後腦杓，哈哈大笑。

「沒有啦，抱歉、抱歉。我想說如果不是這樣，誰會叫『兄長』這麼萌的稱呼啊。」

「咦，我好像被嘲笑了？」

「怎麼會，我反而是尊敬妳好嗎？妳就一直保持這樣就好。」

二亞表情真摯地如此說道，真那心有疑慮地皺起眉頭。士道心想……若是真那以後改變對士道的稱呼，肯定是因為二亞吧。

「……我們的關係說來話長，等一下再向妳說明吧。重要的是——」

士道拉回正題後，二亞便發出「啊啊」兩聲，恍然大悟地點了點頭。

「對喔。雖然聽眾比預計的多，但如果是知道自己本來是人類的小折折和妹妹二號，倒是無所謂。」

「喂！喂！」

就在二亞正想切入正題時，真那大聲抗議：

「請給我等一下。妹妹二號是什麼意思？」

「咦？因為已經有妹妹了啊。」

二亞指著琴里回答。於是，真那不滿地吐了一口氣。

「琴里是沒有血緣關係的妹妹，我才是親妹妹。真要說的話，琴里才是二號！」

「誰……誰是二號啊！」

這次換琴里大喊。感覺……意思有點跑偏了。

「因為就綁頭髮的方式來看，我是綁成一束，琴里是綁成兩束。戰鬥方式也是，我是靠技術，琴里是靠力量。」

「別把人講得一副空有一身蠻力的樣子好嗎！」

「妳們冷……冷靜點啦。二亞，這樣下去會沒完沒了，妳想個別的暱稱吧。」

士道介入兩人之間這麼說了，二亞便搔了搔下巴思索後，繼續說道：

「嗯……那就……小真真（Manaty）。」

「怎麼感覺像是水棲生物（註：發音類似海牛 Manatee）啊……」

真那儘管尚有不滿，但之後便默不作聲。想必是判斷再爭下去就一直無法進入正題吧。

或許是察覺到真那的心思，二亞乾咳了一下。

「那麼，我就切入正題了……『精靈原本是人類』。這句話沒說錯，但也可能並非如此。」

「我聽不太懂妳的意思……妳自己本身保有以前的記憶，原本也是人類對吧？」

士道說完，二亞搓了搓下巴回答：「這個嘛……」

「該怎麼說呢，如果照少年你的思維來判斷，感覺我算是歸在『純精靈』的範疇內呢。」

「為……為什麼？妳不是有當人類時的記憶嗎？」

「冷靜點啦。我不是說了嗎？我是指如果照你的思維來判斷。」

二亞豎起一根手指，接著說道：

「——畢竟我是在不知道自己是誰，對這邊的世界一無所知的狀態下，伴隨著空間震從鄰界現身的。」

「咦——？」

士道不禁瞪大了雙眼。因為二亞所陳述的，和十香那群純精靈是同樣的情況。

「等……等一下啦。那妳說的還是人類時的記憶……」

「別急，聽我說嘛——我第一次現界的時候，完全搞不清楚狀況。可是，唯有一件事我非常明白。我想所有的精靈都是一樣的吧？」

「是什麼事？」

「——自己擁有的天使力量。」

「啊——」

二亞說的確實沒錯。無論是不太了解這個世界的十香和四糸乃，還是突然得到精靈之力的折紙她們，都能自由自在地運用自己擁有的天使。看來天使勢必具備讓宿主理解自己權限的能力。

這時，士道「啊」地叫了一聲。

他想到二亞擁有的天使力量。

「突然現身這個世界，完全搞不清楚狀況的我，只能仰賴我唯一理解的天使之力——無所不知的〈囁告篇帙〉的力量。」

「難不成，妳……」

琴里以認真的眼神凝視二亞。二亞輕輕點了點頭開口：

「沒錯，我就是靠它才知道的。自己是什麼樣的存在，如何得到這種力量，以及為什麼自己會出現在那種地方。」

「什麼——」

士道皺起眉頭，露出驚愕的表情。

二亞繼續補充：

「——我原本是人類。不過，因為某件事而失去了活下去的意念……就在那個時候，一名精靈出現在我眼前。」

「……！是〈幻影〉……！」

大聲吶喊的是琴里。

不過，這也是理所當然的事。因為二亞剛才說的，和琴里、美九、折紙她們變成精靈的經過十分相似。

將人類變成精靈的神祕存在。因為像煙霧一樣不可捉摸，因此識別名稱為〈幻影〉的精靈。

「〈幻影〉？」

「……對。是將我們變成精靈，像雜訊一樣隱藏樣貌的精靈。她也出現在妳的面前嘍？」

「原來她有這種稱呼啊。唔……雖然不知道出現在我面前的精靈是不是跟出現在妳們面前的是同一名，不過……有一件事我能確定，就是其實我也無法掌握那名精靈的真面目。」

「無法掌握真面目？所以說，妳沒有用〈囁告篇帙〉調查她嘍？」

琴里詢問後，二亞便搖了搖頭。

「照理說，討厭踩雷的我是不會去調查這種幕後黑手的。但當時我輸給了好奇心，所以調查了……但是，查不出來。」

「妳說什麼……？」

琴里眉頭深鎖。不過，這也是理所當然的事。因為〈囁告篇帙〉是無所不知的天使。照理說，這世上沒有它不知道的事情才對。

「該怎麼說呢……〈囁告篇帙〉可能有找到相關的情報，只是我讀不出來。簡直就像……對了，打個比方來說，就像是出現亂碼一樣。」

「怎麼會這樣？發生什麼事了？」

「我也不知道。只是，有種逃過〈囁告篇帙〉的搜尋……應該說，被擁有那種力量的天使妨礙的感覺吧。要不然就是力量太強，導致〈囁告篇帙〉顯示出了問題。就像敵人的戰鬥力太強，功率計會故障一樣。」

「嗯……」

琴里盤起胳膊，一臉愁容。儘管慢慢理解二亞所說的話，但總覺得有哪裡想不透。

「……總之，我被那名精靈埋入靈魂結晶，成為了精靈。然後，她封印了我還是人類時的記憶，並且強制讓我沉睡在鄰界，直到來到這邊的世界。」

「…………」

聽完二亞說的話，士道沉默不語。

倘若二亞所說的是事實——那麼十香那群純精靈，也可能只是被封印住曾經身為人類時的記憶罷了。

二亞像是察覺到士道的心思，繼續說道：

「所以，我以為其他人變成精靈的經過也肯定跟我一樣。不過，仔細想想，並不是所有人都

像我一樣能夠窺探自己的過去。在大家面前將這件事脫口而出是我太草率了。」

「……原來如此。」

士道語氣沉重地發出聲音。

的確，如果有像二亞那樣的經驗，會這麼想也無可厚非。

「而且，我調查的終究只有我自己的事情。對不起喔，說這種讓你們有所期待的話。」

「……不會。」

琴里依然愁眉苦臉地交抱雙臂，晃動著嘴裡的加倍佳糖果棒說道：

「是非常有用的情報喔。如果二亞的假設無誤……將會顛覆過去的思想。我追溯到三十年前，調查看看失蹤的少女當中有沒有符合的人物。」

「嗯。抱歉喔，要是我的〈囁告篇帙〉沒有被奪走，就能時不時調查一下了。」

二亞說完，做出翻書的動作。

「別在意。光是能保住性命就謝天謝地了。」

琴里聳著肩如此說完，折紙緊接著發出聲音：

「——不過，應該還殘留有一點靈力，否則士道不可能成功封印。有可能還能顯現天使或限定靈裝。」

「咦？是這樣嗎？」

二亞驚訝得瞪大雙眼。折紙則是點頭回應：

「被士道封印的力量，只要精神狀態不穩定或是訓練思維，就能讓靈力逆流。」

「哦……精神狀態不穩定……啊……」

二亞如此呢喃後，閉上眼睛發出輕聲低吟。

「喂，二亞？妳現在身體還沒復原，最好不要逞強……」

「……喝啊！」

二亞突然瞪大雙眼，大聲吶喊，打斷士道說的話。

於是下一瞬間，二亞的身體發出淡淡光芒，隨後光芒集中在她手上——形成一本書的模樣。

「喔喔！真的耶！」

「唔喔！」

看見冷不防出現的天使，士道不由自主地弓起身體。

「竟……竟然這麼輕易就……！」

「嘿嘿嘿，你可別小看漫畫家的妄想力啊。這種事情，只要想起截稿日前的情況，一次就OK了啦。」

「…………」

二亞猛然豎起大拇指。這世上的所有漫畫家，都是在能顯現天使的精神狀態下面對截稿日的嗎？士道真想跟她說：辛苦妳了，請好好保重身體。

「嗯……讓我來看看喔……」

二亞舔了一下嘴脣後，快速翻閱浮在半空的書。

不過數秒後，她面有難色地皺起眉頭。

「怎麼樣，二亞？」

「嗯……不行呢。〈囁告篇帙〉本身似乎是有在搜尋情報，但將情報傳達給我的機能卻起不了作用。我完～全看不懂上面寫了些什麼。感覺跟我以前企圖調查把我變成精靈的那傢伙時的情況很像。」

二亞嘆著氣回答琴里。

「這樣啊……那就沒辦法了。」

「抱歉喔……啊，不過，也不是全部的資訊都看不懂喔。我看看，少年房間裡的黃色書刊放在哪裡……」

「妳在查什麼啦！」

士道忍不住大叫出聲。

結果，琴里和折紙面不改色地接著回答：

「應該在書桌抽屜的最裡面吧。」

「百科全書的書盒裡也有幾本。」

「咦！」

士道不禁發出錯愕聲。真那臉頰流下汗水，傻眼地盯著兩人。

「為什麼妳們兩位會知道這種事情啊……」

琴里和折紙沒有回答，挪開了視線。琴里有一瞬間露出「糟糕了」的表情，但折紙的表情絲毫沒有改變。

就在這個時候，像是在確認〈囁告篇帙〉還保有多少能力而翻閱書頁的二亞想起了什麼事情似的，「啊」的叫了一聲。

「對了，搞不好……」

然後，她舉起右手，再次用力發念。於是，附在二亞靈裝上的筆便出現在她的手中。

「喔，成功了。」

她轉了一圈筆，在〈囁告篇帙〉的書頁上滑動筆尖。

排列著不知是哪國文字的〈囁告篇帙〉書頁劃上了無數的黑線。簡直就像——沒錯，就像在書本上塗鴉似的。

「二亞？妳在做什麼啊？」

「嗯。我在應用未來記載啊。」

二亞揚起嘴角回答。

「妳說未來記載?那是——」

士道聽見這句話，瞪大了雙眼。未來記載。那是二亞過去曾經使用過，能讓書寫在〈囁告篇帙〉上的未來成真，近似無法無天的能力。

「難不成，能夠使用嗎!」

「不行啊。那就像是〈囁告篇帙〉能力的精華所在。在這種不完全的狀態下絕對沒辦法使用。我想就連擁有我精靈結晶的DEM大人物，也沒辦法使用這個能力。」

「這……這樣啊。」

聽見這句話，士道稍微放下了心。

DEM的威斯考特得到了反轉的靈魂結晶——反靈魂結晶，能夠輕易運用魔王〈神蝕篇帙〉的能力。要是他連未來記載的能力都能行使，士道等人將會陷入絕望的狀況吧。

「既然如此，妳為什麼……」

「我想到一個點子。〈囁告篇帙〉原本就分為搜尋情報的頁面和白紙頁面，通常描繪未來時是使用後者，不過……」

二亞一邊說一邊將〈囁告篇帙〉的頁面朝向士道等人。那頁面像是孩子在百科全書上塗鴉。

「這是……?」

「嘿嘿嘿——〈囁告篇帙〉和〈神蝕篇帙〉是密不可分的關係，本來不可能同時存在。要是搜尋頁面變成這副模樣，我想使用〈神蝕篇帙〉的人應該會費一番功夫吧。」

「啊……！」

士道這才終於察覺二亞的意圖。曾經見識過威斯考特使用〈神蝕篇帙〉的琴里和折紙也同樣點了點頭表示理解。

「的確，『了解』森羅萬象的魔王落入敵人的手中，是很沉痛的失誤。要是這樣能妨礙〈神蝕篇帙〉……！」

「但這終究只是妨礙罷了。就想像成是原本迅速啟動的搜尋引擎變成非～～常緩慢吧。」

「就算是這樣，也非常有意義了。妳腦筋動得真快呢，二亞。」

「嘿嘿嘿，被妹妹誇獎了。」

二亞得意洋洋地挺起胸膛。

「不過，妨礙搜尋並不代表就削弱了對方的力量。你們千萬要小心，流血的只有我一個人就夠了。」

「……！」

士道一瞬間啞然無言。不過，他發現此刻不應該做出這種反應——於是點頭稱是。

「……嗯。我不會再讓任何人受傷。二亞，當然也包括妳。」

士道凝視著她如此說完，二亞便心頭一震，羞紅了臉笑道：

「嘿嘿嘿。怎麼，少年？難不成你喜歡年長的人嗎？我還以為你肯定有戀童癖咧。」

「我……我說妳啊……」

「不過，我很開心。謝啦。」

二亞有些難為情地如此說道。士道覺得有些肉麻，含糊地回答：「喔……嗯。」

在一旁看見整個過程的琴里嘆了一口氣，並且晃動嘴裡的加倍佳糖果棒說：

「……不過，二亞說的確實沒錯。對方有艾蓮．梅瑟斯這個最強戰力，以及魔王〈神蝕篇帙〉。光是這樣就已經夠棘手了，現在又出現了新的巫師。」

「…………」

不知為何，聽見琴里說的話後，折紙抽動了一下眉尾。

看見她的反應，士道想起昨天突然從天空出現，劈開反轉的二亞胸口的巫師。折紙看見她後，嘴裡呢喃著像名字的詞彙。

「我說，折紙，妳當時……」

「…………」

士道正想詢問的時候，折紙像是猜出他想問什麼似的點了點頭。

「——對，我認識那個巫師。」

「妳說什麼？」

聽見折紙說的話，琴里皺起眉頭。不過，折紙面不改色地繼續說：

「她叫阿爾緹米希亞．阿休克羅夫特，曾經隸屬於英國的對抗精靈部隊ＳＳＳ的巫師。」

「……！阿爾緹米希亞！」

對那個名字產生反應的不是琴里，而是真那。她一臉難以置信地瞪大雙眼，凝視折紙。

「妳知道她嗎，真那？」

「知道……她在巫師之間很有名，我也有直接見過她。她是ＳＳＳ最強的巫師，赫里福郡之鷹，最接近梅瑟斯的女人。如果她在ＤＥＭ，我的代號數字可能就要退一個排名了。」

「她……她那麼強嗎……？」

士道額頭冒出汗水。話雖如此，真那作為一名巫師，本領也是世界排名前五名的。光憑真那如此讚賞她的這個事實，阿爾緹米希亞的力量便可見一斑。

「對……不過……」

直那含糊其辭地瞥了折紙一眼。折紙點了點頭回應她。

「就我們所知，阿爾緹米希亞應該不會加入ＤＥＭ才對。或許有什麼原因吧。」

「……原來如此。如果是ＤＥＭ，就算做出什麼事情也不足為奇。」

琴里露出不悅的表情呢喃，「喀」的咬了一下加倍佳棒棒糖。

「——不管原因為何，阿爾緹米希亞．阿休克羅夫特現在與我們敵對是事實。在調查精靈們的事情時，我會同時查探她的情報，你們要保持警戒。」

「……………」

聽見琴里說的話，士道等人點了點頭，重新繃緊神經。

「——很好，那我們今天就休息吧。也不好打擾傷患到太晚。」

「咦？妹妹，妳該不會是在擔心我吧？沒問題的，截稿日前要熬夜通宵我都沒在怕的啦。」

「……所以說，至少在這種時候好好睡個覺吧。」

二亞傻笑著如此說道。琴里瞇起眼睛，無奈地回答她。

二亞似乎也沒有違抗她的意思。她故意朝琴里用力敬了一個禮後，彈了一個響指，讓浮在空中的〈囁告篇帙〉消失。

「好了，那我們走吧。」

「嗯——喔，對了。」

當士道正想走向門口時突然想起一件事，因此停下腳步。

「對了，真那。妳剛才說有一件事一直沒機會問，是什麼事？」

接著如此問道。雖然因為二亞說的話而暫時忽略了，但他記得真那造訪這裡時，曾經說過這種話。

「啊——對喔。」

真那像是記起這件事，捶了一下手心，接著說：

「就是上個月，你不是靈力失控嗎？」

「對啊……那個時候真是多虧妳幫忙了。」

士道回想起當時的事，如此說道。不過……老實說，當時的事情他幾乎記不清了。

上個月，士道因為連結精靈的路徑變狹窄，導致過去封印的精靈靈力滿溢而出，呈現靈力失控的狀態。當時幫助他的，正是所有精靈——以及真那。

「別這麼說。兄長有難，幫忙是應該的。」

「不，可是……」

「如果我有難，你也會來幫助我吧？」

「咦？嗯，那是當然。」

「就是這樣。」

真那若無其事地說了，絲毫沒有自以為是和討人情的態度。雖是自己的妹妹，但士道也不禁覺得她這種個性真是豪爽，十分有男子氣概。

「但是有一件事讓我很在意。」

「讓妳在意的事？」

「對。當時我和艾蓮對戰，墜落到你身邊時，你對我這麼說過吧——『真那，太好了，妳沒事啊。』『MIO呢……她在哪裡？是她救妳的吧？』……」

「MIO……？」

聽見陌生的名字，士道皺起了眉頭。琴里、折紙，當然還有二亞，也露出疑惑的表情。

「對。聽到這個名字的瞬間，我突然感到一陣頭暈目眩，應該說腦海裡浮現朦朧的畫面……所以我在想，這個名字是不是和我們失去的過去記憶有關。」

「是嗎？可是……」

士道面露愁容。因為他對MIO這個名字沒有印象。應該說，他根本不記得自己曾經說出這個名字。

「……抱歉，我什麼都想不——」

就在這個時候——

士道想要表達意見的瞬間，一陣強烈的暈眩朝他襲來。

「咦……？」

是一種天地歪斜，令人站不穩的感覺。士道不由得腳步踉蹌，眼看就要跌倒在地。

「哥哥！」

真那在千鈞一髮之際支撐住他的身體，即使如此，暈眩依舊沒有緩解。

視野有如蒙上一層薄霧般朦朧——相對的，不知從何處傳來細小微弱的聲音。

【——MIO。那是……我的名字嗎……？】

【不會……我很高興。非常……高興。】

【我最喜歡你了。要永遠……在一起喔——】

「這……是——」

在模糊的意識中，士道隱約看見一名長髮少女——

下一瞬間，士道便失去了意識。

◇

「——當時真是嚇死我了。你突然就暈了過去。」

身穿和服的琴里交抱雙臂，在神社院內如此說道。士道搔了搔臉頰。

「抱歉……讓妳擔心了。」

「不會啊。我習慣了。」

琴里冷淡地說了。但之後聽真那說，琴里是最慌張、最擔心士道的人。

「……幹嘛啦。」

「沒有啊，沒事。」

可能是心情表現在臉上了吧。士道用手撫摸自己的臉頰，打算掩飾過去而繼續說道：

「不過，難得大家一起來新年參拜，要是真那也有來就好了。」

「是……啊。她說她不太喜歡人多擁擠的地方，不過她的身體狀況很穩定，早知道就硬把她拖過來了。」

琴里做出在脖子上套繩子的動作說道。看見這可怕又逗趣的舉動，士道不由得露出苦笑。

看見士道的反應，琴里有些難為情地羞紅了臉，輕聲嘆了一口氣後接著說：

「……所以，那個……叫 MIO 的人，你有想起什麼關於她的事嗎？」

「沒有，完全……想不起來。」

士道嘆了一口氣，如此回答。

沒錯。那時士道的確是聽到「MIO」這個名字後才感到一陣頭暈目眩的，但從那之後，他就完全沒有發生幻聽和看見幻覺的現象了。

「……這樣啊。」

琴里說完，便從和服的袖子拿出加倍佳棒棒糖，拆開包裝，扔進嘴裡。

然後上下晃動著糖果棒，慢慢抬起頭仰望天空。

「……如果啊——」

「咦？」

「如果你想起以前的事……連那個叫 MIO 的人也全部記起來了，你……會怎麼辦？」

「琴里……」

士道望著琴里的側臉，低喃般說完，突然莞爾一笑。

「……放心吧。我是妳的哥哥，哪裡都不會去。」

他如此說著，胡亂搔了搔琴里的頭，琴里便瞬間漲紅了臉。

「什……誰……誰問你這種事了啊！」

「哈哈，是嗎？那真是抱歉啦——好了，來寫繪馬吧。」

士道遞出筆後，琴里便用鼻子哼了一聲，接過那隻筆。

◇

「如果這世上真有什麼壞事應該憎恨，那既不是戰爭，也不是毒品——而是電梯故障。

艾蓮．M．梅瑟斯」

艾蓮在腦海裡重複這句像格言的話語，一邊爬上 DEM Industry 日本分公司的樓梯。

「呼……呼……」

肺部宛如被扭絞一般發出哀號，膝蓋不停顫抖。汗水從全身的毛孔噴出，淡金色頭髮緊貼著臉頰和後頸。

「為什麼……要在這個時間點……故障啊……」

「……妳還好嗎，艾蓮？」

走在前方的少女回過頭來詢問她。她有著一頭比艾蓮的髮色稍深的金髮，以及一雙碧眼，身上穿著與艾蓮一樣的套裝，不過一滴汗也沒有流。她是——阿爾緹米希亞．B．阿休克羅夫特。前幾天才剛加入 DEM Industry，是艾蓮的部下。

「……還行。」

「可是，妳流好多汗耶。需要幫忙嗎？」

「不需要。」

「可是，我們才爬了四樓喔。」

「我只是剛才在游泳池游完泳而已！」

艾蓮忍不住大叫出聲。

沒錯。艾蓮在被傳喚之前，正好在辦公大樓整修時新建的社內健康設施運動。

艾蓮氣喘吁吁地回想起在寬敞的泳池設施颯爽現身的自己。被競泳泳衣包覆住的美麗身軀，以及手裡握著的冠上聖母盾牌之名的愛用之物〈普利德溫〉。她的姿態令待在那裡的巫師們都感到啞然，為她讓開道路。

（那……那是……梅瑟斯執行部長！）

（她手上拿著的是……浮板？咦？難不成執行部長不會游……）

（笨蛋！少多嘴，小心沒命！）

原本正在運動的巫師們開始竊竊私語。因為有一段距離，聽不太清楚，大概是看見艾蓮的英姿而戰慄不已吧。艾蓮輕聲一笑，撥了一下頭髮。凡夫俗子要對她抱持多少敬畏之心她管不著，他們的敬畏之心要油然而生，自己也無可奈何。

（好了……來游泳吧。）

艾蓮稍微做了一下暖身運動後，肩膀上下移動，呼吸急促地走向泳池。

當然，她不會做出跳水這種違反禮儀的動作。她慢慢從腳尖入水，再噗通一聲整個人泡進水裡。然後，她緊抓著〈普利德溫〉，啪噠啪噠地擺動雙腳。

不知道游了多遠，艾蓮瞥了一眼隔了好幾條的水道，發現同事阿爾緹米希亞正在游泳。

（……唔。）

雖說巫師的能力端看如何運用顯現裝置，但重點還是在於基礎體力，所以她會在這裡也完全不意外。艾蓮將視線轉回前方，繼續抬起頭不碰到水面地擺動雙腳。

（呼……呼……）

然後游到泳池約一半的位置，體力接近極限時，艾蓮突然望向隔著幾條水道的阿爾緹米希亞，發現她游在自己的後方。艾蓮莞爾一笑。看來就算是阿爾緹米希亞，也比不上艾蓮。

（嗚哇，好快……對面那條水道，來回游第幾次了啊？）

（好像游第八次了。）

（執行部長呢？）

（如果你還想活命，就別問這種問題。）

待在泳池旁的巫師們望著艾蓮和阿爾緹米希亞的方向，竊竊私語聊著天。雖然聽不太到他們談話的內容，不過大概是在說執行部長除了戰鬥以外，在各方面果然也都是最強的……這種話吧。凡夫俗子要怎麼稱讚她，她都無所謂。不過，也不難理解他們想談論自己的心情啦。艾蓮沒有打算做出阻止他們這種不通人情的事。

接著她繼續擺動雙腳，游了一陣子。就在抵達終點的同時，擴音器傳出廣播聲。

（——第二執行部長，以及副部長，請立刻到三十樓辦公室。）

（……？發生……什麼……事情了……啊？）

艾蓮一邊調整呼吸，抬起頭後，隔了幾條的水道傳來啪噠的水聲。

看來阿爾緹米希亞晚了艾蓮幾十秒，終於抵達了終點。她呼吸平穩地從水裡上來後，走到艾蓮的面前，伸出手。

（艾蓮，我們被傳喚了，走吧。）

（我知道。）

艾蓮無視阿爾緹米希亞伸出的手，打算上來游泳池畔，但由於剛才進行了激烈的運動，手腳不聽使喚……更正，是判斷不應該忽視部下的好意，於是拉住她的手。

……然後，時間來到現在。

艾蓮喘著氣，怒氣沖沖地繼續對阿爾緹米希亞說：

「平時這點程度的樓梯對我來說根本不算什麼。只是碰巧今天我鍛練身體，耗盡體力，接近極限罷了。」

「我也有在游泳池游泳啊……」

「妳游得那麼慢，哪能跟我比啊！」

艾蓮生氣地撇過頭去。阿爾緹米希亞微微歪了歪頭後，說了一句：「啊，對了。」像是發現什麼似的點了點頭，接著輕聲說道：

「可是無論如何，這樣下去的話，會讓威斯考特執行董事久等喔。」

「唔……妳說的……是沒錯啦。」

聽見阿爾緹米希亞說的話，艾蓮不由得支支吾吾。沒錯。位於辦公大樓三十樓的辦公室，是DEM社長威斯考特的房間。

「好吧。」

當艾蓮發出低吟的時候，阿爾緹米希亞下定什麼決心似的點了點頭，走到艾蓮的後方，一把抱起她的身體。抱住她的肩膀和雙腳——也就是所謂的公主抱。

「妳……妳這是做什麼啊，放我下來！」

「等爬到三十樓後，我就放妳下來。」

阿爾緹米希亞如此說完，便以看不出抱了一個人的速度快速衝上樓。

「嗚哇！放……放我下來！」

「快到了，再等一下。」

「唔……那……那麼，至少改變一下抱的方式！這……這種姿勢……感覺會害我想起不堪回首的事……！」

艾蓮揮舞著手腳，像是要甩掉腦海裡一閃而過的影像。阿爾緹米希亞就像在應付一個耍賴的小孩，嘆了一口氣說：「真是的。」

「不要亂動，就快要到……了。」

阿爾緹米希亞「咚、咚」地踏著有節奏的腳步，突然停了下來。

看來似乎到達目的地——辦公室前了。她將艾蓮放到地面，幫她拍了拍腰間一帶，撫平套裝裙子的皺褶。

「別這樣，妳是我老媽嗎！」

「好了——快點，妳不敲門嗎？」

「不用妳說我也知道！」

艾蓮怒氣沖沖地說道，用力敲辦公室的房門。

「——進來。」

「打擾了。」

「等您久等了。」

聽見房間主人的回應後，艾蓮打開房門，走進房間。

她放眼望向整間辦公室，看見一名男子坐在靠近裡面的椅子上。

他擁有一頭顏色黯淡的灰金色頭髮以及銳利的雙眸。而他手中——飄浮著一本漆黑的書。

他便是掌管這間 DEM Industry 的人物，艾薩克・R・P・威斯考特本人。

「嗨，我等妳們好久了，艾蓮、阿爾緹米希亞……妳好像流了不少汗，發生什麼事了嗎？」

「……沒有。別說我了，您找我們兩個有事嗎？」

艾蓮含糊帶過，反問威斯考特後，威斯考特便微微點了點頭，並且指了指飄浮在手邊的書——魔王〈神蝕篇帙〉。那是他前幾天十二月三十一日得到的「擁有形體的絕望」。

「——我前幾天有提過，〈神蝕篇帙〉的情報搜尋功能遭到妨礙了吧。」

「是……好像是〈修女(Sister)〉那邊在干涉。」

「嗯。『無所不知』的能力因此被銬上一道沉重的枷鎖。真是嚴重的失策。就連當時調查的情報也花了一段時間才解讀出來。」

聽見威斯考特說的話，艾蓮瞪大了雙眼。

「您……的意思是……」

「沒錯。」

威斯考特大大地點了點頭後，揚起嘴角。

「終於知道了——新的精靈所在之處。」

「……！」

艾蓮吸了一大口氣後，緊握拳頭。

「該不會已經現界了吧？究竟是在哪裡——」

「——呵呵。」

威斯考特微微一笑，豎起一根手指——

高高指向天空。

第二章　外太空精靈

一月九日，星期一。

直到昨天都還很清靜的都立來禪高中，如今有好幾名學生陸續到校。他們吐著白色的氣息穿過校門，前往各自的教室，與同學打招呼寒暄。儘管對話的內容天南地北，但大多會附上「新年快樂」與「好久不見」這兩句話。

新春假期已經放完，舉行了開學典禮。

從今天起，來禪高中將迎接第三學期。

「嗯……」

士道與十香一起上學。他輕輕轉動肩膀，像是要讓身體適應制服。沒穿制服的期間也不過短短兩個星期，感覺卻像是好久沒穿了。

不過，這也是無可奈何的事。因為歲末年初的活動本來就很多，再加上這次的寒假實在發生太多事情了。

就在士道伸著懶腰思考這種事情的時候，右邊傳來一道少年的聲音。

「喔，好久不見啊，五河。」

往聲音來源看去，發現是一名用髮蠟將頭髮弄成刺蝟頭的少年站在那裡。他是士道的同班同學，殿町宏人。該怎麼說呢，感覺也很久沒見到他了。士道內心湧起莫名的感慨，微微舉起手。

「是啊，殿町。新年快樂。」

「喔，新年快樂……所以，你到底幹了什麼好事？」

「咦？」

聽見這突如其來的疑問，士道皺起了眉頭。於是，殿町豎起大拇指指向後方。

士道探出頭，望向殿町的背後，便看見三名少女時不時瞄士道幾眼，在竊竊私語。

這三人組分別是將制服穿成隨性風格的高挑少女、像是在表示沒有個性就是她獨特之處的中等身材少女，以及戴著眼鏡的嬌小少女。從右至左依序是亞衣、麻衣和美衣。她們是二年四班有名的聒噪三人組。

三人露骨地表現出在說士道閒話的樣子。的確挺令人在意的。

「啊……」

士道臉頰流下汗水，吞吞吐吐說不出話來。該怎麼說呢……因為他也並非沒有頭緒。

聽說上個月士道靈力失控的時候，在陷入恍惚的狀態下，非常熱情地追求那三個人。

當然，士道完全不記得當時的事，不過……從對方的角度看來，那種事根本無關緊要吧。

「……呃，我也不知道。」

話雖如此，也沒必要自己主動散播不好的傳言。士道如此說道，想要隨便蒙混過去。

「哦……也罷。對了，我剛才在教職員室前面看到小珠了——」

殿町話才說到一半，教室就響起了鐘聲打斷他的話。

「……已經要上課了啊。」

說完，殿町打算回到自己的座位上。

「喂、喂，小珠老師怎麼了？」

「嗯，她應該馬上就來了，你自己看就知道。」

「…………」

士道目送揮揮手離去的殿町的背影，微微皺起眉頭。

……他的內心充滿了不祥的預感。這件事士道本身一樣不記得了，但他在之前靈力失控的時候似乎對小珠老師熱烈地求婚。

但這件事〈拉塔托斯克〉的分析官兼副班導村雨令音應該有想辦法幫他解決了才對……

正當士道感到不安的時候，教室的門打了開來，士道等人的班導岡峰珠惠老師——通稱小珠出現在門口。

——她那嬌小的身軀籠罩著陰鬱的負面氣息。

「嗚喔……」

看見那副模樣，士道不禁發出叫聲。不過，看來班上同學也抱持著類似的感想。看見班導陌生的姿態，所有人都騷動了起來。

「唔……士道，小珠老師是怎麼了啊？看起來好陰沉喔……」

「是……是啊……到底是怎麼了呢？」

坐在隔壁座位的十香一臉擔心地輕聲說道。士道額頭冒出汗水，回應十香。

不過，小珠像是沒聽見大家的聲音似的慢步走了進來，將手上的點名簿隨便往講桌上一扔。

「……各位同學，新年快樂。寒假過得怎麼樣？聖誕節、除夕，加上新年……一定有發生快樂的事吧……」

接著照慣例問候大家。小珠並沒有說任何奇怪的話，但班上同學卻同時嚥了一口口水。

小珠歪著嘴角露出茫然的表情繼續說：

「……各位今年要滿幾歲啦？從二年級升上三年級，所以是十八歲吧。早讀的人可能是十七歲吧。老師的生日是三月，你們覺得我快滿幾歲啦？」

說到來禪的名教師小珠，就是大齡剩女二十九歲。這件事班上的同學全都知道，不過——沒有人說出口。

於是，小珠環顧整個教室後，露出疲憊不堪的笑容開口：

「我……今年終於要脫離二字頭，邁入三字頭了。呵呵……呵呵呵……很厲害吧？」

「小……小珠……」

或許因為實在是淒慘得令人看不下去，亞衣輕聲叫喚。於是，小珠轉頭望向她。她戴的眼鏡因日光燈的光線反射，鏡片閃過一道光芒。

「Shut up。以後跟我講話的時候，句子的頭跟尾都要加上Sir。」

「Sir……Yes sir！」

亞衣被小珠的氣勢震懾，向她敬禮，並且遵從她的指示。

「Sir，小珠，妳到底怎麼了啊……？Sir。」

亞衣重新詢問後，小珠便露出冰冷徹骨的笑容。

「沒有啊，我沒怎樣啊。沒事的。只是，有個開心的消息。從小學就跟我是同學的好朋友惠理，聽說下個月就要結婚了。呵呵呵，真是令人開心呢。惠理是個非常好的女孩，一定會成為一個好老婆的。每年我生日和聖誕節，她都陪我一起過，情人節還會互相交換巧克力。她黃湯下肚後就愛哭，有一次好像還吶喊著：『嗚哇！要是我三十歲還沒結婚，妳就娶我吧，小珠！』死命抱著我。聽說對方是小她兩歲的醫生。前年年底跟她一起參加男人算什麼東西女生聚會時，她喝太多酒跌倒，腳受了傷，當時幫她治療的人好像對她一見鍾情，對她展開猛烈攻勢。我也在場就是了，因為我也有喝酒，在候診室打了一下瞌睡。想不到這段期間，我長年來交往的好友竟然就

在隔壁房間墜入情網。人生真的不知道會發生什麼事呢。哎呀，真是太好了呢。因為我常常在想，這世上的男人怎麼會放著惠理這種好女孩不追，真是沒眼光。惠理真的是個很好的女生。五官漂亮，身材也很高挑，簡直就像模特兒一樣。連惠理這樣的女生都還沒結婚，所以我的緣分也一定還沒到。可是，惠理竟然在背地裡找到了對象。這麼說來，我還在想說去年的女生聚會次數怎麼會減少了那麼多。不過，惠理人也真壞，竟然突然跟我說要結婚。說什麼不好意思說……不過，這種個性也會讓男人心動就是了。我也得好好學學才行呢。」

小珠用毫無抑揚頓挫的聲音滔滔不絕地說完後，整個人趴在講桌上。

「呵……呵呵呵，又……又一個同學結婚了……可惡！可惡！結婚的盡是些好人。」

然後像是被什麼附身了一樣，開始喃喃自語：

「大家，大家都丟下我離開了……告訴我……我到底還要參加多少次你們的婚禮……！」

「Sir，那個……Sir……」

「等等我啊，大家。我也要立刻去你們那裡…………哈、哈哈，又嫁不出去了。看來我被月老討厭了。」

說完，小珠無力地笑了。班上同學一臉困惑地面面相覷。

小珠笑了一會兒後，突然默不作聲，打開點名簿。

「……好了，那麼開始點名。」

「不是吧！」

亞衣、麻衣、美衣對一臉若無其事打算開始點名的小珠猛力搖頭。

「Sir，妳哪裡像沒事啊，Sir！」

「Sir，妳最好休息一下吧，Sir！」

「妳們在說什麼啊，我沒事啦。」

小珠露出開朗的笑容。

「——只是，如果現在有惡魔出現在我的眼前，說要拿我的命換一個願望，我可能會要他下個月讓巨大隕石墜落在日本吧。」

「Sir，妳還說妳沒事！Sir！」

「Sir，妳這種想法完全像是假快要放完的小學生嘛，Sir！」

「呵呵呵，我是開玩笑的啦！天靈靈，地靈靈，隕石降落吧！」

小珠拿起一根粉筆後，當作魔法少女的魔法棒一樣揮舞，高高指向窗外。

——於是，下一瞬間……

校園發出轟然巨響，一道強烈的衝擊波隨即侵襲教室。校舍搖晃、玻璃窗破裂、窗簾劇烈飄動得像是快被撕裂了。教室裡的學生們同時發出尖叫，有人急忙躲避，有人則是鑽進桌子底下。

「喔哇！」

「呀啊啊！」

「怎……怎麼回事啊……！」

士道按住產生耳鳴的耳朵抬起頭。他拍掉散落在衣服上的玻璃碎片，並且從椅子上站起來。

「——士道，你看。」

馬上就掌握狀況的折紙指向窗外。士道「喀啦喀啦」地踩著玻璃碎片走近窗邊，戰戰兢兢地窺視窗外。

結果看見原本是巨大平地的校園操場跑道被剜挖成像擂缽的形狀。不——不只校園，甚至連通過校園旁的道路以及對面的空地都宛如被挖掘般向下塌陷。簡直就像發生了空間震。

然而，沒有響起通知空間震發生的警報。士道皺起眉頭望向四周——

「……嗯？」

看見大洞中心有一個黑色的塊狀物，他發出細小的疑惑聲。

從這裡看不見那個塊狀物的細節部分。既像損壞機器的一部分，也像是一顆巨大的岩石。不過——剛才的衝擊波以及這個坑洞，是因「它」撞擊而產生的這一點則是顯而易見。

既然是撞擊，就代表那個塊狀物是從某個地方掉下來的。

其他學生也跟著士道他們查看校園的情況。想必他們也抱持著同樣的感想吧。殿町怔怔地仰望天空開口：

「……是……是隕石嗎……？」

聽見這句話的瞬間——

「…………啊嗚！」

小珠鐵青著臉當場癱倒在地。

「嗚……嗚哇啊啊啊啊啊！是小珠把隕石召喚來的啦～～～～！」

「是在不知不覺間跟惡魔訂了契約嗎！」

「小珠——！我不要妳死啊啊啊啊啊！」

學生們一邊吶喊一邊奔向已翻白眼的小珠身邊。

就在這個時候，士道口袋裡的手機正好開始震動。來電畫面顯示的名字是「五河琴里」。在開班會的時候接電話是不可取的行為，但現在事態緊急。士道一邊移動到教室的角落，同時按下通話鍵。

『——士道！你沒事吧！』

一接聽電話，便傳來琴里慌張的聲音。

「嗯……我沒事。琴里，妳聽我說，小珠跟惡魔簽訂契約，然後隕石……」

『啥？你在說什麼啊！重要的是，你現在立刻帶十香她們來臨時司令室！』

「咦……？所以說——」

士道瞪大雙眼，琴里便繼續說：

『沒錯──是精靈。』

◇

坐上開到學校附近的車，大約十分鐘。士道、十香、折紙、副班導令音，以及隔壁班的八舞姊妹，來到〈拉塔托斯克〉的地下設施。

〈拉塔托斯克〉原本是以空中艦艇〈佛拉克西納斯〉為司令部，但那艘艦艇因為之前的戰鬥受損，正在維修，只好暫時以士道等人住處附近的這座地下設施為據點。

──經過層層的防護關卡後，士道與十香等人分開，前往司令室。

十香等人被吩咐到別的房間等待，因而感到有些不滿的樣子。不過，只要一有精靈現身，士道就必須虜獲她的芳心。他並不希望精靈們看見那幅情景。

走進司令室後，立刻感受到緊張的氣氛。〈佛拉克西納斯〉的船員們早已聚集在擺放著好幾臺螢幕的房間裡，面對各自的控制檯急忙操作著。

「──你來了啊。」

琴里坐在設置於司令室中央的艦長席（正確來說並不是艦艇，所以有語病），朝士道這麼說。

繫在頭髮上的緞帶當然是黑色。現在她身上穿著軍服，肩上則披著深紅色的外套。

「……抱歉，讓妳久等了。」

和士道等人一起從學校過來的令音脫下身上的白袍，坐到空位上。琴里簡短地回應：「不會，謝謝妳來。」然後將視線移回士道身上。

「關於這個狀況……」

「嗯……到底發生什麼事了？妳說那塊隕石是精靈的傑作……可是空間震警報並沒有響啊。是靜穆現界嗎？而且，怎麼會突然攻擊高中……難不成，是要攻擊我或是十香她們嗎？」

「這個嘛……」

士道詢問後，琴里便面有難色地搓著下巴。

「不知道耶。老實說，我現在還沒有辦法下定論。」

「妳……妳這話是什麼意思……？」

「嗯。能顯示出畫面嗎？」

琴里說完，船員便立刻操作控制檯。

於是，前面的大螢幕上顯示出世界地圖。一張在大陸、島嶼、海上劃上紅色記號的地圖。

「這是……？」

「嗯。高中的校園裡出現了神祕物體對吧？這些記號所標示的場所，幾乎在同一時間發生同樣的現象。」

「什麼……！」

士道不禁皺起眉頭，凝視著世界地圖。

「這些地點，全都同時……！」

「沒錯。雖然一時之間令人難以置信，但全世界有多達四十二個場所被投擲了『砲彈』。其中也包含了幾處DEM的設施和各國對抗精靈部隊的基地。所以，也不排除是感應到微弱的靈波或魔力反應而發動攻擊的可能性。」

「等……等一下啦。南美不也遭受攻擊了嗎！那可是地球的正後方耶！竟然同時攻擊那裡……該不會像八舞姊妹一樣，是複數的精靈？」

「……不，不是。精靈肯定只有一人。而且正確來說，那根本不是什麼隕石。」

琴里緩緩搖頭說道。士道的表情染上困惑之色。

琴里也明白自己的說明不夠充分吧，她豎起口中含著的加倍佳糖果棒，指示船員：

「百聞不如一見。顯示影像。」

「是！」

其中一名船員──〈社長〉幹本發出聲音，操作控制檯。

於是，原本顯示世界地圖的螢幕播映出某個影像。

「————」

看見那夢幻的情景，士道剎那間倒抽一口氣。

充滿螢幕的一片漆黑中，閃耀著無數星光。

一瞬間，士道以為那是夜空。不過，他馬上就發現自己弄錯了。

位於螢幕下方大弧度的圓。眩目的白與藍形成漩渦——那無庸置疑是士道等人居住的母星，地球。

「外太空……」

沒錯。那正是如文字所敘述，天與地完全分開的光景。

而外太空的正中央。

有一名少女悠然地飄浮著。

首先引人注目的，是在漆黑的宇宙空間中依然釋放出燐光般光芒的漂亮髮絲。亮麗的金黃色頭髮宛如童話故事裡的長髮公主那樣長，在無重力的世界裡搖曳。

身上穿的是畫著像是星座圖案，閃閃發光的靈裝。而她的手中則是握著巨大錫杖般的東西。

「就是這名少女……嗎？」

「對——我們也是第一次知道有這個精靈存在。還沒有幫她取正式的識別名，但是為了方便，就叫她〈黃道帶(Zodiac)〉。」

「第一次發現的精靈嗎？」

「對。當然，也可能只是我們沒有偵測到而已，至少在〈拉塔托斯克〉的資料庫中沒有存在像她那樣的精靈。所以，像是她的天使、靈裝、能力、個性等，有很多事情都不清楚。」

「這樣啊……那麼，也還不知道這孩子是怎麼攻擊地球的嘍？」

士道詢問後，琴里便聳了聳肩，並且嘆了一口氣。

「其實，我們無法鎖定〈黃道帶〉的位置是有理由的。」

「理由？」

「對——把影像倒回到三小時前。」

「是！」

船員回答的同時，原本顯示在螢幕上的影像變成另一個畫面。

依舊是宇宙空間的畫面，不過——只有〈黃道帶〉沉睡般蜷縮著身體飄浮的影像。

「這是……」

士道話才說到一半便止住了話語。

因為畫面中出現了新的影子。

「空……空中艦艇……！」

士道瞪大了雙眼露出驚愕的神情。

沒錯。有三艘來自地球的巨大空中艦艇出現。而且，不僅如此。那幾艘艦艇的周圍，看起來還緊跟著好幾道有如小飛蟲一般的影子——定睛一看，發現那一道道影子都是形狀扭曲的人型機器人。

不會有錯。那是DEM Industry的無人兵器〈幻獸·邦德思基(Bandersnatch)〉。

「難不成是DEM！」

聽見士道說的話，琴里憤恨地點了點頭。

「沒錯。發現〈黃道帶〉所在地的，是DEM。我們只是因為DEM的空中艦艇做出可疑的舉動，才用自動感應攝影機調查他們四周。」

「為……為什麼DEM會知道精靈的所在地……」

說到這裡，士道「啊」的一聲中斷話語。想必琴里也跟士道想到同一種可能性了，只見她微微點了點頭，繼續說道：

「恐怕是利用〈神蝕篇帙〉吧。雖說二亞妨礙了它的搜尋功能，但畢竟沒辦法讓它的能力完全消失。」

琴里一臉不悅地嘆了一口氣後，畫面出現了變化。

DEM的艦艇鎖定飄浮在宇宙空間的〈黃道帶〉，開始準備攻擊。

艦艇展開隨意領域，開啟無數砲門，開始填充大量的魔力。〈幻獸·邦德思基〉配合艦艇的舉動，散開來包圍住精靈，各自準備好 CR-Unit。

「喂、喂……這樣不妙吧。」

「別管，繼續看下去。」

琴里說話的同時，飄浮在畫面中央的〈黃道帶〉似乎終於察覺到周圍的狀況而慢慢抬起頭。〈黃道帶〉並未露出驚訝的神情，她淡淡地伸展身體後舉起右手。

『——〈封解主〉(Michael)。』

影像中的少女輕聲呢喃。

於是下一瞬間，一把閃閃發光的錫杖從虛空中出現。

不會有錯。那是〈黃道帶〉在剛才的影像中所握的物品。施以豪華裝飾的上半部柄端排列著凹凸不平的齒狀物。

簡直就像是一把巨大的鑰匙。

「天使……？」

「應該是。」

在琴里隨聲附和的同時，〈幻獸・邦德思基〉群開始一齊展開行動。散開包圍住〈黃道帶〉的幾具舉起光劍朝〈黃道帶〉衝去。

不過，〈黃道帶〉絲毫沒有露出驚慌的神情，她將鑰匙天使的前端刺進從前方逼近而來的〈幻

獸．邦德思基〉後──

『──【閉(Seguva)】。』

將天使前端往右轉，同時簡短地如此說道。

沒錯──宛如轉動插進鑰匙孔的鑰匙一般。

於是下一瞬間，〈幻獸．邦德思基〉的手腳突然無力地垂下，展開在其周圍的隨意領域也煙消雲散。

〈幻獸．邦德思基〉毫髮無傷。然而，前一秒還抱持著明顯的敵意攻擊〈黃道帶〉的機體卻像是關上了電源，全身疲軟一動也不動。

「這是……」

「……〈封解主〉。從影像和分析數值來推斷，將鑰匙插進對象體內，藉由『封鎖』這個動作，似乎能將對象擁有的機能封印住。」

聽見士道慌亂的聲音，令音冷靜地回答。在這段期間，〈黃道帶〉也接二連三地停止攻擊她的〈幻獸．邦德思基〉的機能。

不過，DEM這邊似乎也沒打算只靠〈幻獸．邦德思基〉來收服〈黃道帶〉。在〈黃道帶〉對付〈幻獸．邦德思基〉的期間，DEM的三艘艦艇已填充魔力完畢。

DEM艦艇開始同時發動攻擊。濃密的魔力光從三個方向射出，漆黑的宇宙空間一瞬間充滿燦爛奪目的光芒。

「嗚哇……！」

然而，〈黃道帶〉即使處於這樣的困境下依然毫不畏懼，只是靜靜地舉起手杖，將下端用力朝前方推去。

於是，手杖下端宛如被空間吞噬突然不見蹤影。〈黃道帶〉就這麼用雙手將手杖轉向左方。

『——【開（Rataibu）】。』

接著，下一瞬間——

〈黃道帶〉周圍宛如黑洞的洞孔越變越大，隨後朝她發射的砲擊全被吸進那個洞裡。

「什麼……！」

士道驚愕地瞪大雙眼。

不過，事情並未就此結束。就在士道以為ＤＥＭ的攻擊完全無效的下一瞬間，原本在〈黃道帶〉四周產生的洞孔竟然在ＤＥＭ的艦艇和〈幻獸・邦德思基〉群後方開啟，釋放出猛烈砲擊。

——漆黑的世界再次綻放光之花。

受到己方發射的最大威力的魔力砲攻擊，三艘艦艇和無數的人形脆弱地炸毀散落。

「ＤＥＭ的砲擊……！」

「……沒錯。是〈封解主〉的另一種力量。」

聽見士道慌亂的聲音，令音冷靜地回答。

「……將鑰匙插入空間，藉由『開啟』的動作製造出『門扉』……大概是這樣。然後她似乎能隨意決定那扇『門扉』的出口地點。」

「開啟『門扉』的鑰匙天使……難不成！」

士道赫然抬起頭，望向琴里。琴里彈了一個響指，像是在表達「說中了」。

「你腦筋動得很快嘛。在這之後，〈黃道帶〉就攻擊地球了。像剛才那樣在空間製造出『門扉』，順手將她附近的DEM艦艇殘骸全都扔了出去。」

「在地球上……產生出好幾個『門扉』的出口，對吧？」

「沒錯。睡得正舒服的時候被DEM吵醒，她應該非常生氣吧。就連照道理應該會在大氣層燃燒殆盡的殘骸，直接傳送到空中也會保持質量大小，直接掉落在地面上。不過……反過來說，也多虧如此，才減少了許多衝撞的威力。」

「是……是嗎？我覺得衝擊波的威力挺強的耶……」

士道回想起玻璃窗碎裂的校舍，皺起眉頭。於是琴里無奈地聳了聳肩。

「要是真有那麼大的隕石掉下來，根本不可能只有這種程度的破壞力好嗎？就算半徑幾十公里化為平地也不足為奇。而實際上——能自由打開『門扉』的她確實能做到這種事。不對……就算是剛才那樣的攻擊威力，根據擊中的場所不同，也有可能造成嚴重的損害。」

「…………」

士道的臉頰流下一道汗水。原來如此，真是可怕的能力。根據使用方式的不同，甚至有可能摧毀整個地球。

但是，也不能只是害怕。士道深呼吸緩和心跳的速度後，再次凝視琴里的雙眼。

「……所以，我到底該怎麼做才好？」

因為精靈出現了，必須讓她迷戀上自己——封印她的靈力。士道也十分明白這一點。

不過，對方所處的空間是外太空，無法像以往一樣輕易去見對方。不僅如此，甚至連取得連繫都有困難吧。

「這個嘛……我有幾個方法，如果花太多時間，她又攻擊地球就麻煩了。先使用最迅速的手段試著與她對話看看吧。」

「對話……到底要怎麼跟她對話？也沒辦法用電話或電子郵件吧。」

士道歪了歪頭，琴里便無奈地嘆了口氣。

「說什麼傻話，你忘了這個影像是怎麼拍到的了嗎？」

「影像……啊——對喔！」

被琴里這麼一提醒，士道捶了一下手心。由於精靈的模樣出現在螢幕上太過理所當然，所以士道並沒有意識到——這個影像應該是由〈拉塔托斯克〉的自動感應攝影機所拍攝。

「——當然，跟地上普通使用的攝影機有些不同。就機能來說，比較接近〈佛拉克西納斯〉的〈世界樹之葉（Yggd Folium）〉吧。因為設置了小型的顯現裝置，能在周圍展開隨意領域。」

「原來如此，只要在隨意領域內……」

「沒錯。即使是在理應不可能對話的真空空間裡，也能直接將聲音傳達給對方。還有——把那個東西拿過來。」

琴里如此說道，然後彈了一個響指。

於是，站在琴里身旁的副司令神無月恭平簡短地回應了一聲「是！」後，搬運了一臺大型機器過來。接著拿起放在機器上方的東西，遞給士道。

「來吧，士道。戴上這個，站在那裡看看。」

「咦？這是什麼？」

士道將視線落在神無月遞給他的東西上。

那是附有護目鏡，像安全帽一樣的裝置。士道儘管感到困惑，還是依指示戴上裝置。

於是，神無月把類似攝影機鏡頭的東西朝向士道後，便開始操作控制檯。

「——司令，準備好了。」

「很好。那麼開始實驗吧。麻煩了。」

「是！」

聽見琴里這麼說，〈保護觀察處分〉箕輪如此回應，接著操作控制檯。

結果，放在士道面前的機器開始發出「嘰……」的微弱驅動聲。

「怎麼回事……？」

士道疑惑地望著機器，下一瞬間——

——士道出現在士道的眼前。

「哇！」

面對這意想不到的事態，士道不禁嚇得一屁股跌坐在地。於是，出現在眼前的另一個士道也同樣向後方倒坐在地。

「痛死我了……這該不會……」

士道凝視著與自己動作一模一樣的另一個自己這麼說了，琴里便點點頭回答：「沒錯。」

「那臺機器會讀取你的模樣，然後投影成立體影像。當然，也能從搭載顯現裝置的自動感應攝影機輸出影像。」

「是喔……好厲害啊。看起來就像真人一樣。」

士道如此說著，朝一臉疑惑望向這邊的另一個自己伸出手。當然，對方是立體影像。士道的手指穿過另一個士道的手指，透到手臂的方向。

「現在功能是關閉的，不過正式對話的時候，自動感應攝影機拍攝到的影像會顯示在那個護

目鏡上。」

「原……原來如此。能在宛如和精靈面對面的狀態下和她說話啊。」

「就是這樣。那麼，我們馬上開始吧。既然不知道清醒的她會在什麼時候再次展開攻擊，我想速戰速決。」

「嗯——好，我知道了。」

士道將手放在胸口調整心跳後，用力地點了點頭。

他其實想再花一些時間習慣這個裝置，也想先做好心理準備。

但正如剛才琴里所說的，時間寶貴。況且，不管做再多心理準備，也不會一帆風順，這就是攻陷精靈必經的過程。士道握緊拳頭下定決心後，吐了一口長氣。

然後，將手抵在兩邊的嘴角，在緊張得僵硬的臉頰上做出彎月的形狀。沒錯。面對精靈，士道該揮舞的不是武器，而是甜言蜜語。而他內心抱持的不是對精靈的恐懼——而是絕對要拯救精靈的堅定信念。

「——我隨時都可以開始，琴里。」

「很棒的笑容。」

琴里揚起嘴角後，重新坐定在艦長席上，用手指夾起含在嘴裡的加倍佳糖果棒，猛力指向螢幕。

「——那麼，現在開始執行『遠距離戀愛』大作戰！」

「了解！」

船員一齊回應後，開始進行作業。

「讓自動感應攝影機一號機接近目標對象。」

「展開隨意領域。準備開始投射影像。」

「同時開始觀察對象的精神狀態。」

「——投影準備完畢。士道，要開始嘍！」

「好！」

如此回應的下一瞬間——

士道的視野從司令室中瞬間轉變成宇宙空間。

「……！」

雖然事先說明過自動感應攝影機拍攝到的影像會顯示在護目鏡上，但士道還是不由得倒抽了一口氣。

無邊無際的漆黑。熠熠生輝的繁星，其閃耀的程度，從地上觀賞到的根本無可比擬。以及——擴展在眼下的巨大藍色行星。士道的目光一瞬間被這雄偉的光景給吸引住。

不過，現在不是看入迷的時候。士道重新打起精神後，慢慢抬起頭。

——飄逸著金色長髮的少女背影。那副模樣，具備了與精靈相稱的神祕感和威嚴。

「——那麼，開始吧。地球與宇宙的遠距離戀愛。」

琴里以認真的口吻說出這句玩笑話。士道點了點頭回應後，便對少女的背影開口：

「嗨，妳好。」

『…………』

少女聽見士道的聲音，回過頭來，下一瞬間便舉起錫杖，朝士道的頭部發射光線。

「嗚喔！」

士道立刻仰起身子，不過——慢了一步。散發出金色光芒，用靈力編織而成的光線微微射穿士道的頭部，朝幽暗的宇宙奔去。

「好痛！」

士道不由自主地當場倒下，扭動著身軀。他雙手按住頭，慌亂地擺動雙腳。

「琴……琴里！不好了！我的頭！我的頭！」

「冷靜點，你的頭還在啦。」

「……！啊……」

聽琴里這麼一說，士道才恢復冷靜。由於影像太鮮明，令他產生了錯覺，但受到攻擊的畢竟只是投影出士道模樣的立體影像。痛是痛，但那並非貫穿頭部的疼痛，而是跌倒時撞到後腦杓所造成的。

士道搓揉著腦袋，再次原地站起。

「不過，突然就攻擊我的頭部……這個精靈還真是粗暴呢。如果不是立體影像，我早就死翹翹了……」

「因為被DEM攻擊過，所以心情很煩躁吧。在那種狀況下突然對她說話，會被判斷成是敵人也無可奈何。先表現出我們沒有敵意吧。」

「說……說的也是。」

士道深深呼吸了一口氣重新打起精神後，原本被少女擊碎的立體影像的頭便再次產生，士道的護目鏡也再次顯現出少女的身影。

「妳冷靜一點。我不是妳的敵人，我沒有要攻擊妳的意思。」

『……哦？』

少女看見突然復活的士道，面不改色地歪了歪頭。

於是下一瞬間，少女勾了勾手指，飄蕩在四周的機器碎片便立刻高速飛來，貫穿士道胸口。

「唔哇啊！」

突然受到攻擊，士道身體不禁抖了一下。不過，他不像之前那樣倒地，而是按住胸口支撐住身體，繼續對她說：

「等一下。我——」

士道話還沒說完，少女這次則是用錫杖的上半部用力敲碎士道的頭。

「呃噗！不……不是嘛，就叫妳等一……」

『…………』

飄蕩在四周的機械殘骸飛來，貫穿士道的手腳。

「聽……聽我說……」

『…………』

少女發射出無數的光線，將士道的身體打成蜂窩。

「唔嘎啊啊啊啊！」

士道滿身瘡痍，發出哀號。

「她根本超級好戰好嗎！我在這幾分鐘內就已經死五次了耶！」

聽見士道說的話，令音將手抵在下巴，發出低吟。

「……唔，沒想到她攻擊性這麼強。看來用立體影像跟她接觸是對的。」

「！等一下！精靈她！」

〈詛咒娃娃〉椎崎大叫出聲。士道聽見她的聲音，反射性地抬起頭後，便看見少女興味盎然地探頭觀察復活好幾次的士道。

她那有些呆愣的表情依然沒有任何變化。不過，身體卻做出前所未有的動作。

然後，少女第一次開啟她那櫻桃小嘴。

『——怪哉。你為何不會死？』

沒什麼抑揚頓挫，冷靜的聲音。話雖如此，她第一次給予攻擊以外的反應，這是不爭的事實。

士道大大地點了點頭。

「是……是啊！妳終於肯跟我說話了呢。我因為想跟妳聊天，利用立體影像來和妳接觸。所以……啊，好痛。痛痛痛。住手，別在我說話的時候用手杖刺我的肚子啦。」

士道按住側腹部，露出痛苦的表情。因為少女用手杖的前端刺進士道的肚子，像在攪拌湯一樣轉動手杖。說得正確一點，其實並不會痛，但感覺總是不太好。

『立體影像。哦……真是不可思議。』

「是……是啊……」

士道冒著冷汗露出苦笑，繼續說：

「對……對了……方便告訴我妳叫什麼名字嗎？」

士道詢問後，少女便停止攪拌士道的肚子，抬起頭。

『我的名字嗎?也罷，就告訴你吧。我叫六喰，星宮六喰。』

「星宮六喰……這就是妳的名字？」

『正是。』

少女——六喰點頭稱是。

『那麼，你叫何名？詢問別人的姓名，自己卻不報上名來，不覺得無禮嗎？』

「喔喔，抱歉。我叫——」

就在士道正打算回答的時候，眼前突然跳出一個視窗。

「哇！什……什麼東西啊？」

『嗯？何故驚慌？』

「沒……沒有啦……這是……」

「冷靜點——是選項。」

前方傳來琴里的聲音。結果，視窗同時顯示出文章。

看來，是顯示在司令室螢幕上的文字連結到士道的護目鏡上了。從士道的視角來看，則是有一個視窗飄浮在現實空間中，感覺有點奇妙。

①「我叫五河士道。跟我交朋友吧？」

②「我叫五河士道。當我的戀人吧？」

③「我叫五河士道。是要成為妳主子的男人。當我的性奴隸吧。我要把妳的身體調教成沒有我就活不下去。」

「全體人員，開始選擇！」

隨著琴里的聲音，四周不斷傳來按下按鈕的聲音。

數秒後，選擇的結果化成圓餅圖顯示出來。最多人選擇的是——③。

「原來如此，③啊。」

「對。乍看之下，①跟②比較妥當，但這時還是採取攻勢吧。」

「也對。無論如何，目前她的精神狀態非常穩定。我想取得她的反應模式。」

「說的也是。就算選錯也不會死，好好利用立體影像的優點吧。士道，選③。」

「給我等一下啦～～～～！」

聽見大家熟練地進行對話以及導出的結論，士道不禁大叫出聲。

「幹嘛啦，士道，突然叫那麼大聲。」

「妳還敢問我！為什麼要選③啦！選①就好了吧，①！」

「不要激動啦。我說過了吧，現在你不管受到任何攻擊也不會死，所以才要故意用強烈的話語來觀察對方的反應。好了，快點，六喰在等你。」

「唔……」

琴里說的沒錯，不能再讓六喰等下去了。士道儘管無法接受，還是吞吞吐吐地開口：

「我叫五河士道……是要成為妳……主子的男人！當……當我的性奴隸吧。我要把妳的身體調教成沒有我就活不下去……！」

『哦，五河……士道啊。』

六喰聽完士道說的話後如此回答，接著用手抵住下巴。

除此之外，沒有做出任何反應。

「略過了嗎！」

士道、琴里以及船員們異口同聲。士道不覺得她會對這個選項表現出什麼好感，但完全沒反應還是出乎他的意料。

「精神狀態和好感度的變化呢！」

「兩……兩方都毫無變化！」

「平坦到令人不安的程度！」

「……這是怎麼回事？難道她沒聽見？可是，她好像知道士道的名字了啊……」

琴里一臉疑惑地說。

於是，六喰立刻接著說：

『言歸正傳，你的目的為何？來此地所為何事？』

「咦？喔，喔喔……」

士道正想回答的時候，六喰將手上的錫杖指向地球。

『立體影像……換言之，你的本體在星球的某處是嗎？虛偽之事非我所好。此後，每當你口吐空言，我便會對你的星球投下礫石。』

「什麼……！」

士道屏住了呼吸。礫石……恐怕是指掉落在校園裡的那種隕石吧。

『明白嗎？』

六喰像是在要求回答似的說了。或許是聽見她所說的話，琴里輕聲嘆了一口氣。

「……她是認真的。好吧，士道，就老實告訴她吧。對這種人故弄玄虛可是會吃苦頭的。」

「嗯……我知道了。」

士道點了點頭回應六喰和琴里兩人。

「我——是為了拯救像妳一樣的精靈才行動的。」

然後，士道說出自己的目的、〈拉塔托斯克〉與敵對的DEM組織的事情，以及——自己具備的能力。

『……哦？』

六喰將這些話全部聽完後如此輕聲呢喃，面不改色地面向士道。

士道被她那雙從長髮的縫隙中隱約露出的金色眼眸凝視，不禁倒抽了一口氣。

『看來並非空言。原來如此，不過才一段時間未見，星球的情況便演變成如此境地。』

「是啊……所以，六喰，妳能不能下來地球，讓我封印住妳的靈力？」

士道有點緊張地詢問六喰。

不過——

『我拒絕。』

六喰毫不猶豫地如此回答。

但士道並非沒有預想到這個情況，以前也曾經發生過這種事。士道微微皺眉，還是繼續說：

「唔……我……我突然出現，還對妳說這種話，要妳立刻相信我確實有點強人所難。不過，我說的是真的。我想要——」

『我並未懷疑你。』

「咦？」

聽見意想不到的回答，士道不禁瞪大了雙眼。

『你所言之事，勢必為真吧。我聽得出你的話語中含有純粹的善意。』

「那……那妳為什麼要拒絕？」

士道詢問後，六喰便用一成不變的語氣回答：

『我理解你的想法，但我毋須接受你的恩惠。我只要在此地飄蕩便可。』

「可……可是，這樣DEM可能又會來攻擊妳喔！」

『低……一……燕？』

六喰說出彆腳的發音重複士道說的話後，點了點頭說：『喔喔。』

『是方才被我擊敗的廢鐵啊。那種東西，來再多都不是我的對手。』

「妳錯了，DEM也有更厲害的巫師，她的力量不是剛才出現的那些傢伙可以比擬的。這樣下去，妳會有危險！」

不過，即使士道拚命地說服，六喰依然不為所動。

『都一樣。沒有什麼東西能勝過我的天使。倘若有，只要利用〈封解主〉打開「孔」逃跑就好。我對此星也毫無迷戀。就隨著〈封解主〉的心情徜泳銀河之中也未嘗不是一件樂事。還是說，你所謂的低一燕裡有能追我到光年之外的怪物存在嗎？』

「這個嘛……」

聽六喰這麼一說，士道無言以對。假如六喰真的能辦到那種事，那麼應該很難捉住她吧。

不過，士道也不能就此放棄。因為DEM有艾蓮、阿爾緹米希亞，以及得到〈神蝕篇帙〉的威斯考特。不知道他們會使出什麼手段。

況且——士道想叫六喰到地球的理由不只如此。他微微甩了甩頭，繼續說道：

「可是，地球上有許多快樂的事，也有很多跟妳一樣的精靈。妳一個人待在這種地方，未免太寂寞了吧……？」

『寂寞……唔。』

士道說完後，六喰微微歪了歪頭。

『多謝你的關心，沒問題。我不會感到寂寞。』

「怎麼會，別逞強了，跟大家一起比較──」

『不是，並非那種意思。說得更正確一點，不只孤獨，痛癢、悲哀、憤怒，或是興奮、歡喜、快樂──還有愛，我都感受不到。因為我「鎖」上了心房。』

「咦……？」

聽見六喰說的話，士道皺起了眉頭。

「鎖……鎖上？」

『正是。用我的〈封解主〉。』

六喰如此說道，並且展示她手上鑰匙般的錫杖。

〈封解主〉其中一種力量──就是將東西「上鎖」，封印其能力。

士道確實親眼目睹過一次那種力量。六喰「鎖」住〈幻獸・邦德思基〉，奪取它的機能，使它成為了動彈不得的廢鐵。

如果這個天使的力量甚至能夠施加在無形的東西上。

──也許真如六喰所說的，能夠將產生感情的心靈機能「上鎖」。

「為……為什麼……要這麼做？不只寂寞和悲傷，竟然連快樂都封鎖起來！」

『……這是為何呢？因為不需要……不對。也許是因為過去的我認為擁有那些感情才會不幸吧。現在的我已無從知曉。』

「可是，妳能像這樣跟我說話……」

『我保留了說話的機能。我並不希望淪落成無法言語的行屍走肉，我只希望自己身上不發生任何狀況，所以才處於誰也無法觸碰的宇宙。然後，封鎖住暴怒、熱戀……這類打破目前狀況的情感罷了。我之所以會讓礫石墜落星球，亦非因為憎恨，只是給予侵犯此領域之人一個警告。』

六喰面不改色地如此說了。

看見她那副宛如隱士——不對，像是仙人之類的乏味面容，士道緊緊握住拳頭。

「這樣……這樣未免太悲哀了。求求妳，回到地球吧。我……希望妳變得幸福……！」

『…………』

士道大聲吶喊後，六喰沉默了一會兒，望向士道的臉。

然後，緩緩開啟雙唇：

『——我說，士道。你是否誤會了什麼？』

「誤……誤會？」

『正是。別擅自決定我的幸福。』

「…………！」

士道不由得屏住呼吸。

不過，六喰並沒有情緒激動也沒大吼大叫，只是靜靜地繼續說：

『或許也有精靈因你而得到救贖吧。我並不打算否定這一點。不過，我是我。為何非要幫助滿足於現狀的我？』

「咦……？」

聽見出乎意料的話，士道瞪大了雙眼。

『而且——』六喰不予理會，接著說：

『我老實地聽你說，你卻說什麼拯救、幸福的……未免太多管閒事了。你只不過是將你的自我滿足強加在我身上而已吧？別為了你的成就感而利用我。』

「我……我才沒有……這麼……」

士道發出顫抖的聲音想要否定。

然而……他無法立刻回答。

於是，六喰像是發現了什麼事情似的探頭窺視士道的臉。

『不對……話說，那真的是你的想法嗎？為何不惜做到如此地步，也想束縛精靈的力量？我不清楚內情，但是……感覺非常可疑呢。你究竟……不，你背後之人究竟在想些什麼？』

「妳這話是……什麼意思──」

背後之人。聽見這句話，士道皺起了眉頭。

那是指支援士道的〈拉塔托斯克〉嗎？還是指──

當士道思考著這種事情的時候，『況且──』六喰接著說：

『叫什麼低一燕的，也在地球吧。假如封印了我的力量，我真的能安全地生活，勝過待在此地嗎？你過去所拯救的精靈沒有再受到敵人的攻擊嗎？』

「……！這……」

聽見六喰說的話，士道發出沙啞的聲音。

他的腦海裡掠過以往與ＤＥＭ的戰鬥畫面。

……啊啊，沒錯。士道過去的確封印了許多精靈的能力。

因為他相信那是為精靈著想的行為，而實際上精靈們也都很開心自己的靈力被封印。

不過──也因此為她們增加了許多危機。

六喰像是看穿了士道內心的糾葛，靜靜地發言：

『我簡單告訴你吧，士道。我才不陪你玩此類偽善的把戲，別再出現在我的眼皮底下。』

「…………！」

——宛如被鐵槌敲打頭部的衝擊。

不……如果真的只是被敲頭，那該有多好。

六喰說的話像震動一樣快速，像毒素一樣侵犯他的全身。

「……士道，把頭抬起來。你過去所做的事絕對沒有錯。」

耳邊傳來琴里——士道第一個封印靈力的精靈的聲音。

不過，士道無法做出回應。

儘管腦袋理解琴里所說的話，但是——

『——我說完了。』

六喰說話打斷士道的思考。

『我期望的唯有平穩，只是維持目前的狀態。若有人不聽勸出現在我面前——我想想……』

六喰如此說完，將手裡的錫杖指向地球。

然後，用毫無抑揚頓挫的聲音——

『我就用〈封解主〉停止此星之運轉。』

——說出這句致命性的話。

「什麼……！」

「難道她連這種事都做得到……！」

琴里和船員們慌亂的聲音震動士道的鼓膜。

『也轉達給低一燕知道吧。那麼，後會無期了，士道。想必以後我們也不會再見面。』

六喰舉起錫杖，用錫杖的前端刺向投影士道影像的自動感應攝影機。

『——【閉】。』

然後這麼說了。在六喰轉動鑰匙的瞬間——

傳來沙沙的雜訊聲——士道的視野一片漆黑。

第三章 新翼

「！怎麼沒影像了！」

琴里的聲音響徹整個艦橋。不過，剛才顯示在主螢幕和士道護目鏡上的六喰身影，已完全被雜訊之海吞沒。

「不行，自動感應攝影機沒有反應！」

「唔……是被〈封解主〉『封鎖』了嗎？」

琴里像是想起影像和聲音中斷的前一刻六喰說出的話，輕輕咂了咂嘴如此說道。

「…………」

士道聽著琴里等人的聲音，脫下戴在頭上的安全帽。

「我……」

他緊握住拳頭，從喉嚨擠出聲音。

——無法反駁六喰所說的話。

拯救精靈。當然，一開始是因為〈拉塔托斯克〉的請求。

不過，在與精靈們接觸的過程中，士道自己也開始想要幫助她們。

可是……也許……

她們還有另一種未來可以選擇，那就是被士道干涉而失去的未來。這種想法突然掠過士道的腦海。

結果，一記手刀狠狠地朝他的頭頂落下。

「痛啊！」

士道不禁發出錯愕聲，按住頭向後看。

於是，那裡站著一臉無奈的琴里。

「琴里，妳……妳幹嘛啦！」

「不過就是說不過對方而已，幹嘛一個人在那裡煩惱啦！」

琴里從鼻間哼了一聲後，重新坐回位子上。看來……她只是為了給士道的腦袋瓜一記手刀才走過來的。

「當然，她說的話也不無道理。但是也不能就這麼乖乖聽從她。我們的確應該拯救精靈。不過，你可別忘了。精靈也是一個巨大的『災害』。擁有那種危險力量的存在就於位地球的正上方，總不能置之不理吧。」

琴里說的沒錯。不過，士道皺起了眉頭。

「可是，她不是說如果我們不去干涉她，她什麼都不會做……但相反的，如果我們去招惹她，她就會攻擊地球。」

士道說完後，琴里猛然豎起口中含著的加倍佳糖果棒，回答：

「假設她是說真的好了，她不也說了嗎？要我們也轉達給ＤＥＭ……對她來說，人類沒什麼區別。就算我們不出手幫她，ＤＥＭ就會放過她嗎？」

「唔……」

士道眉頭深鎖。就算士道他們對ＤＥＭ說那個精靈很危險，別去接觸她，他們也不會乖乖聽話吧，反而還會慶幸〈拉塔托斯克〉不介入而主動攻擊。

琴里像是察覺到士道的想法，將加倍佳糖果棒指向他。

「——只要ＤＥＭ已經得知六喰的存在就一定還會派刺客過去。然後要是他們成功，六喰就會被殺死，她的靈魂結晶就會落入威斯考特的手裡——要是失敗，六喰就會報復，『封鎖』住地球的機能……雖然不知道具體來說會引發什麼樣的事態，但肯定會造成現在人類從未體驗過的規模龐大的災害吧。」

「……這……」

「結果，我們能做的只有一件事，就是在ＤＥＭ再次攻擊六喰之前封印她。只有這樣。」

「…………」

琴里目不轉睛地凝視著士道這麼說，士道胡亂搔了搔頭。

然後吐了一口長氣後，開啟雙唇：

「……嗯，也對。妳說的沒錯。抱歉，我有點迷惘了。」

「沒關係。我也不是不明白你的心情。」

琴里如此說道，突然將視線從士道身上挪開。

不知道為什麼，雖然琴里沒有說出口，但士道隱約能察覺——琴里內心也懷抱著跟他相似的糾結情緒。

琴里講述的理由全都十分有理。的確只要有DEM在，就不能放任六喰不管。

不過，那個理由——並不能反駁六喰所說的話。

假如沒有 DEM Industry 這個公司的存在。

假如六喰陷入危機的可能性很低。

那麼，琴里究竟會做出什麼樣的結論呢？

琴里像是察覺到士道的想法，依然沒有望向他，繼續說道：

「……你要記住，至少你拯救過的精靈還平安無事地待在這裡。」

聽見這句話——

「……嗯，謝謝妳，琴里。」

士道內心的糾結瞬間煙消雲散，並且如此回答琴里。

沒錯。現在——不是裹足不前的時候。

如果士道等人不行動，或許會為世界帶來莫大的災害。

「也對。只能……硬著頭皮幹了吧。」

「是啊……沒錯。」

就在這個時候，令音突然一副為難的樣子發出低吟。

「……你能下定決心是很好啦。但是，事情似乎沒那麼容易。」

「令音……？」

琴里像是對這句話產生反應似的望向令音。

「妳這話是什麼意思？」

「……你們看這個。」

令音說完將螢幕上類似圖表的東西展示給兩人看。看來似乎是六喰的好感度和精神狀態的變化表，不過——士道一時之間並沒有發現哪裡有問題。

理由很單純。因為記載在上面的數值完全沒有變化，只畫著平行線。

「……在小士你和六喰對話的期間，我們一直有在記錄，但是感情值和好感度完全沒有變化。看來『鎖上心房』並非只是慣用句的表達方式。」

「什麼……」

琴里愕然瞪大雙眼。

不過，這也是理所當然的事。

為了封印精靈的力量，士道必須和那個精靈接吻，不過——當時那名精靈一定得對士道敞開心房，否則便無法封印靈力。

儘管六喰與士道交談了好一陣子，她對士道的好感度正如現在所見，完全是零。即使過去曾經被精靈討厭，但這還是士道第一次遇見透過直接的對話，心情卻絲毫沒有動搖的精靈。

當然，這樣下去根本無法封印六喰的靈力。

「……六喰擁有的鑰匙天使〈封解主〉，你剛才也見識過它的力量了吧。它能封鎖住對方的力量。如果她將那個力量使用在自己的心靈——那麼，所有從外部而來的話語都無法在她的心中掀起一片漣漪。」

「怎麼這樣……究竟該怎麼做——」

就在這個時候——

當士道的表情染上困惑之色，話說到一半時，司令室門口的方向傳來嘎吱聲。

「……？什麼聲音——」

琴里納悶地如此說道，望向門口。於是下一瞬間，房門開啟，理應在其他房間等待的精靈們一口氣摔進司令室。

「唔嘎！」

「呀……！」

「壓迫。好重，耶俱矢。妳應該要減肥了。」

「為什麼把重量全算在我頭上啊！」

看來大家似乎在門外偷聽。像疊羅漢一樣倒地的所有精靈搖搖晃晃地站起身。看見這幅情景，士道不禁大喊：

「！妳……妳們……在幹什麼啊？怎麼會在這裡！」

「唔……抱歉。我本來沒打算偷聽的。」

十香一臉抱歉地縮起肩膀。美九一把抓住她的肩膀支撐住她。

「十香沒有錯！再說了，在這種狀況下，要人家不擔心達令你才不對吧！」

聽見美九說的話，其他精靈全都點頭表示同意。琴里嘆了一大口氣。

「我說妳們啊……」

琴里一臉困擾地搔了搔頭。於是，折紙直勾勾地盯著琴里的雙眼，開啟雙脣：

「雖然是從中途開始偷聽的，但也了解了大概。應該也有我們幫得上忙的事才對。」

「這個嘛……」

琴里支支吾吾。如果可以，她大概不想讓精靈們置身險境吧。不過，要說她們幫不幫得上忙，她肯定也難以反駁。

或許是察覺到琴里內心的想法，精靈們接二連三地開始說服。

「這樣下去，地球會有危險吧？既然如此，就不該猶豫不是嗎？何況，要是看不到我殷殷期盼的漫畫續刊，我也受不了。」

「六喰只要知道這世界的優點，肯定就不會想破壞它了……！求求妳，讓我們幫忙……！」

「大家……」

琴里被大家的氣勢所震懾，輕輕仰起身子，瞄了令音一眼。

「…………」

接著，察覺到琴里視線的令音像是在表達「真是沒轍」地微微點了點頭。

琴里便嘆了一口氣投降。

「……唉，我知道了。妳們也留在這裡一起討論吧。」

聽見琴里說的話，精靈們的表情瞬間散發出閃耀的光彩。

然而琴里卻加強語氣給予忠告：

「不過，這次的精靈可不是靠蠻力就能折服的對手。不提升好感度就無法封印靈力，但是她連感情都封鎖起來了。」

「提問。有沒有什麼方法能夠再次打開六喰緊閉的心房？」

夕弦面向令音如此詢問。其他人的視線也跟著移向令音。

「……雖然無法斷言，但如果真有辦法，大概只有一個吧。」

「！有辦法嗎！」

十香瞪大雙眼說道。其他精靈也跟著將身體向前傾。

「……抱歉讓你們有所期待。」令音扔下一句前言後，接著說：

「……不過，用天使封鎖住的心房也只能靠天使打開。只能再次對六喰使用鑰匙天使〈封解主〉了。」

「這……」

士道嚥了一口口水，發出低吟。

令音說的確實沒錯。天使是「擁有形體的奇蹟」。要顛覆天使引發的現象，就只能利用天使的力量。

不過，關鍵的鑰匙〈封解主〉當然就握在六喰本人的手裡。而——六喰封鎖住心房，士道他們的聲音無法傳達到她的心裡。

打個比方，就像是把鑰匙放在藏寶箱裡就直接鎖上箱子一樣。

於是，耶俱矢發出「哼哼」兩聲，得意洋洋地挺起胸膛。

「哼，說到天使，這裡要多少有多少吧。本宮就算來硬的也要把她的心房給撬開。」

耶俱矢說完做出將長矛刺進洞孔的動作。不過，夕弦反而露出為難的表情。

「提問。假如這個方法真的行得通，但六喰人在外太空吧，要怎麼到她的身邊去呢？」

「唔唔。這個嘛……」

「……這的確是個大問題。」

當耶俱矢支吾其詞地說出這句話的同時，士道將手抵在額頭。

夕弦說的沒錯，這也是問題之一。況且，士道也只透過影像跟六喰說過話。這樣就在談論什麼打開心房的事情，未免太滑稽了。必須先找到抵達她身邊的手段才行。

不過，士道的身邊——

「外太空……宇宙是吧。」

琴里不斷上下晃動含在嘴裡的加倍佳糖果棒，揚起嘴角。

「——時機正好。搞不好有辦法解決喔。」

「咦……？」

琴里自信滿滿地說了。士道歪了歪頭表示疑惑。

◇

「——全軍覆沒？」

艾蓮在 DEM Industry 日本分公司的通訊室裡，接到數小時前發射到衛星軌道上的艦艇毀滅的報告，回以疑惑的聲音。

好幾臺螢幕在幽暗的空間中發出亮光，隱約照射出四周的模樣。艾蓮坐在房間角落，瞪視著只響起聲音的漆黑畫面。

『是……三艘空中艦艇，九十具〈幻獸．邦德思基〉，全數毀滅……而精靈則是毫髮無傷，並且攻擊地球作為報復……』

通訊機傳來部下微微顫抖的聲音。

接著，像在回應這句話一樣——

「——太棒了。」

後方傳來威斯考特的聲音。

「我當然沒有想過光靠先遣部隊就能打倒她，但是萬萬沒想到這名精靈擁有如此強大的力量。呵呵……真是太棒了。」

威斯考特滿心歡喜地如此說道。艾蓮瞥了他一眼後，發出低吟思考。

前往衛星軌道的先鋒部隊確實沒有派遣主戰力的各個亞德普斯菁英。他們的任務並非打倒精

靈，而是調查在宇宙中無憂無慮沉睡的精靈的力量，以及逼迫她逃到地球上。

不過——這個作戰以失敗告終。不對，不僅如此，她還將破壞後的DEM艦艇殘骸宛如隕石一般投擲到地球各處。

艾蓮一臉不悅地從鼻間哼了一聲。早知道事情會如此，也許一開始就不該裝腔作勢，直接派艾蓮出去就好。

「——精靈還在該地點嗎？」

『是……是的。對象還停留在衛星軌道上……恐怕，隨時準備攻擊地球。』

「唔……」

艾蓮再次低吟般說完，接著抬起頭望向威斯考特。

「——艾克。」

威斯考特似乎察覺到艾蓮的意圖，大大地點了點頭。

「嗯。DEM的設施要是再繼續被砸出大洞也很困擾。妳跟阿爾緹米希亞去對付她——我期待妳們的戰果。」

「是。一定不辜負你的期望。」

艾蓮簡短地回答後便行了一個禮，走出通訊室。

——艾蓮離開通訊室後。

「……那個，威斯考特執行董事。」

另一名巫師戰戰兢兢地對威斯考特說。

「嗯，什麼事？」

「這樣好嗎？讓梅瑟斯執行部長上外太空……」

「唔，你在懷疑我的判斷嗎？」

威斯考特歪著頭詢問後，巫師便臉色蒼白地使勁搖頭。

「屬……屬下不敢！絕對沒有這種事！只是……如果梅瑟斯執行部長知道某件事，應該會希望執行另一個作戰……」

巫師發出比剛才還要微弱的聲音。威斯考特聳了聳肩，吐了一口氣。

「嗯——我想是吧。所以，這樣就好。」

威斯考特舉起右手後，黑色書籍〈神蝕篇帙〉便出現在他眼前。

然後，他將視線落在記載於上頭的文字——與新精靈所在地並列的先前調查的某個情報。

「雖然我非常想帶艾蓮去，但我想避免久別的重逢充滿血腥味啊。」

威斯考特將薄脣彎成新月狀，如此說道。

◇

——低沉的驅動音和斷斷續續的振動，震動著士道的鼓膜和身體。

士道現在所處位置並非設置在天宮市地下的臨時司令室，而是巨大的運輸直升機裡。

不，不只士道。對面的長椅上還坐著當天在場的精靈們和〈佛拉克西納斯〉的所有船員。

「……我說，琴里。結果我們要去哪裡啊？」

士道詢問坐在隔壁的總負責人。因為在半強制的情況下搭上這架運輸直升機後經過數個小時，士道等人還沒有得到充分的說明，連究竟要被帶到哪裡去都不知道。若說不會感到不安，老實說是騙人的。

……不過，精靈當中似乎也有人因為是第一次搭乘大型直升機而興奮不已，比方說十香和耶俱矢。

琴里似乎察覺到士道的憂慮，但她只是輕聲嘆息，不停上下晃動嘴裡含著的加倍佳糖果棒。

「抱歉，我不能告訴你詳細的地點。我並不是懷疑你們，只是現在要前往的場所可說是〈拉塔托斯克〉的技術中樞。」

「……只要去那裡，就有辦法前往六喰的所在地吧？」

「對。我想也差不多快到——」

就在琴里話說到一半的時候，機內的擴音器發出聲音。

『——司令，抵達目的地了。請準備下機。』

「哎呀，看來我的生理時鐘還滿準的嘛。」

琴里打趣地說完便向船員們下達指示。

數分鐘後，感受到直升機落地的輕微衝擊，隨後機體發出的振動和驅動音逐漸消失。緊接著響起喀叩一聲，機體後部的艙口便立刻開啟。

「辛苦了——各位這邊請。」

一名疑似作業員的男子催促大家下來外面。士道等人彼此對看一眼後，便跟隨先走下去的琴里來到直升機外面。

「這裡是……」

士道環顧四周，微微皺眉。因為擴展在直升機周圍的景色跟他預想的不同。

當然，既然沒被告知這裡是哪裡，士道也不可能有明確的想像畫面。只是大概預想應該會是哪裡的直升飛機場吧。

然而，現在士道的周圍卻是一個四方築起高牆的寬敞空間。朝上方望去，甚至看不見天空。牆邊放著應該是用來維修機體的各種器具，各個穿著工作服的機構人員正在從事自己的工作。

「……機庫？」

「算是吧。往這邊，跟我來。」

琴里如此說完邁步前進，四周響起她「喀喀」的腳步聲。而〈佛拉克西納斯〉的船員們則是一個接著一個跟在她後頭，令士道聯想到以前在電視劇看到的醫院院長巡診的畫面。

「士道，我們也走吧。」

「嗯……好。」

經十香提醒，士道也繼琴里之後邁開步伐。他東張西望環顧四周，與精靈們一起走進機庫。然後經過機庫走在長廊上，穿過幾道保安措施嚴密的門後，又抵達看似機庫入口的大門前。

「到了。」

琴里朝大家的方向瞥了一眼說完，將手掌貼在設於門旁的裝置上。

發出輕微的電子音後，那扇巨大的門便往左右開啟——裡面的東西映入士道等人的眼簾。

「……！這是……！」

士道看見那個物體後，不禁瞪大了雙眼。

位於士道後方的精靈們也同樣發出驚愕的聲音。

「喔喔……！」

「呵呵，原來如此啊。靠這個的確可以前往任何地方呢。」

「哇喔，好威啊。這是什麼？吶，妹妹，我可以拍照當作畫漫畫的參考資料嗎？」

「當然不行啊。這可是最高機密耶！」

二亞語氣興奮地說。琴里回了她一個白眼。

不過，也不是不能理解她的反應。如果士道是第一次見識到「這個」，或許也會做出類似的舉動吧。

士道嚥了一口口水後，再次仰望眼前的物體。

門開啟後擴展在眼前的畫面，一如所料是個寬敞的機庫，不過——停放在裡頭的並非剛才那樣的運輸直升機，而是一艘巨大無比的「艦艇」。

艦艇。不只士道，想必任何人都覺得這樣形容有些矛盾吧。

以白色和紫藍色構成的前衛艦身、環抱於艦身正中央的砲門，以及宛如大樹枝椏擴展開來的艦身後部，和上頭閃閃發光的無數金屬製「樹葉」。

它的外形設計概念和所謂的「戰艦」在根本上截然不同。

不過，這也是理所當然的事。因為這艘艦艇航行的地點並非波濤洶湧的大海——而是睥睨萬物的天空。

「〈佛拉克西納斯〉……！」

士道發出微微顫抖的聲音呼喚那艘艦艇的名字。

沒錯。那正是〈拉塔托斯克〉引以為傲的空中艦艇〈佛拉克西納斯〉。

這艘艦艇在大約兩個月以前，在經過與反轉後的折紙一戰受損以來就一直在維修。如今則是以完美的姿態坐鎮其中。

不對——士道在腦海裡否定自己的想法。

他眼前的確實是〈佛拉克西納斯〉，但形狀卻與他記憶中的有些差異。

「形狀……有點不一樣吧？」

士道自言自語般說了。站在他前方的琴里用鼻子哼了兩聲。

「虧你看得出來呢。沒錯，這不是之前的那艘〈佛拉克西納斯〉，而是搭載〈拉塔托斯克〉最尖端顯現裝置，所有性能全部升級的改良型——名叫〈佛拉克西納斯ＥＸ（Excelsior）〉！」

琴里高聲吶喊後，神無月便配合她的聲音在她背後張開雙手雙腳，擺出英文字母「Ｘ」的姿勢。順帶一提，其他船員則是左右對稱地站在她的兩側。而剩下的令音，面無表情地撒著從口袋裡拿出的紙花。

「Ｅ……Excelsior……？」

「沒錯。雖然〈佛拉克西納斯〉受損的直接原因在於與折紙的戰鬥——但在『之前的世界』被艾蓮·梅瑟斯的〈蓋迪亞（Goetia）〉打得落花流水也是事實，所以我覺得光是修復成原狀是不夠的。但也因此花了不少時間就是了。」

琴里有些自嘲地聳著肩說道。

士道曾經藉由時間精靈狂三的力量回到過去的世界——改變歷史。而〈佛拉克西納斯〉似乎在改變之前的世界慘敗DEM的艦艇。

「原來如此……搭乘這個的話，就能到達六喰的所在地。」

「沒錯。飛一下就到了。」

琴里這麼說，並且做出扔紙飛機的動作。

「因為還沒調整完畢，還要花一點時間才能啟航，但應該已經可以進入艦橋了。跟我來，我想讓你見一個人。」

琴里說完勾了勾手指呼喚士道。士道疑惑地歪了頭。

「想讓我見一個人？」

「對。不過就某種意義來說，你們算是滿常見面的，但應該是第一次以這種形式見面吧。」

「……？什麼意思啊？」

「你來了就知道。快點。」

琴里如此說完，走向〈佛拉克西納斯〉艦身的正下方。

「唔？這裡有士道認識的人嗎？」

「……不知道耶。」

儘管士道面露困惑，還是隨著船員和精靈們一起跟在琴里的後頭。

琴里確定所有人都來到艦身的正下方後，抬起頭發出聲音。

「──可以了，麻煩一下。」

接著，像是回應琴里的聲音，士道一行人的身體被淡淡的光芒和奇妙的飄浮感包圍。

下一瞬間，先前映入視野的機庫內部景色突然變成艦內的景象。

「唔喔！」

那是〈佛拉克西納斯〉利用顯現裝置形成的傳送裝置。照理說，這種感覺士道已經經歷過好幾次了，但是……好久沒體驗，還是會嚇一跳。

士道吐了吐氣讓心跳平緩下來後環顧四周。四周是分成上下兩段的艦橋，中心是艦長席，下方是船員們的座位，座位前方都設置了控制檯類和個人螢幕。

比以前的〈佛拉克西納斯〉寬敞一點，也增加了螢幕數量。但士道更在意的一點在於──

「現在可以直接傳送到艦橋了啊。」

士道看著腳邊說。士道一行人位於艦橋的入口附近，地板上設置了類似傳送裝置的終端機。

他記得以前傳送裝置是設置於艦身下方，要離開艦內必須走到那裡才行。

「對啊。我們在艦內建造了幾個傳送站，可以選擇要傳送到哪裡。能在各個傳送站移動，也能一瞬間從居住地區傳送到艦橋。」

「這樣啊……所以，妳想讓我見什麼人？」

士道詢問後，東張西望地環顧艦橋四周。他以為剛才啟動傳送裝置的人肯定在這裡，卻看不見任何人的身影。

於是，琴里揚起嘴角露出微笑，微微抬起頭發出聲音：

「哈囉，好久不見了，〈佛拉克西納斯〉。」

接著像是在和自己所處的艦艇說話一樣如此說道。

結果——

『——是啊，好久不見了，琴里。』

螢幕隱約閃了一下，設置在艦橋的擴音器便立刻傳來少女般的聲音。

「哇！」

面對這突如其來的狀況，士道不禁仰起了身體。站在周圍的精靈們也同樣露出驚訝的表情。

「怎……怎麼回事啊？」

「嚇我……一跳。」

『士道，你這反應真是沒禮貌呢。如果對象是精靈，你可是會被扣分的喔。』

聲音像是在說教一樣指摘士道。感覺就像是艦艇本身在說話，士道嚇得眼珠子直打轉，並且四處張望。

「這……這是……」

「士道，你是在驚訝什麼啦。你不是經常受到她的照顧嗎？她是〈佛拉克西納斯〉的ＡＩ啦。這次的維修，改成可以透過對話的方式來和她溝通。」

聲音配合著琴里的聲音，繼續說：

『你好，好久不見……這麼說也是滿奇怪的呢。我的代號是「瑪莉亞」，以前經常支援你。今後也請多多指教嘍，士道。』

聽見這道聲音，士道的心裡產生莫名的感觸，但他還是試著以笑容回答：

「——好……請多指教了，瑪莉亞。」

於是，精靈們從士道後方一股腦兒地擠到螢幕前。那裡並不是瑪莉亞的臉，但由於螢幕上顯示出「ＭＡＲＩＡ」這幾個字母，看起來就像有人格寄宿在裡頭一樣。

「喔喔！這太厲害了吧！是怎麼弄的？」

「哦～～原來還有這種東西喔。真是太威了。」

「……就是這道聲音提出那些選項的嗎？真的假的啊？」

精靈們包圍住小小的瑪莉亞，開始七嘴八舌地喧鬧起來。或許是看見這種情況，琴里表現出一副無奈的態度拍了拍手。

「好了、好了，不要去煩瑪莉亞了。我們還有工作要做呢。」

琴里說完，讓大家鎮靜下來後，對瑪莉亞說：

「——所以，大概要多久才能啟航？」

『還需要九十分鐘調整機體。』

「沒有時間了，一小時完成。」

『妳還是一樣，沒得商量呢。妳未來的老公還真是可憐。』

「……看來就算機體的性能提升，幽默感還是馬馬虎虎呢。等這次的作戰結束後，再來調整一遍好了。」

就算琴里翻白眼不屑地說，瑪莉亞也絲毫不在意，這次換對船員們說：

『——個人控制檯的設定跟以前一樣，但保險起見，還是請各位船員進行確認。因為這項作業可以和我這邊的調整同時進行。』

聽見這句話，船員們紛紛點了點頭。結果，瑪莉亞繼續補充：

『另外，請盡量不要把私人物品帶到艦橋來。居住地區是你們私人的空間，我無心過問。但我不認為艦橋上需要詛咒娃娃或是美少女公仔。』

聽見這句話，〈詛咒娃娃〉椎崎和〈穿越次元者〉中津川露出愕然的表情。

「怎……怎麼這樣！」

「妳之前都沒意見的不是嗎！」

『只是沒有表達意見的手段罷了。如果你們認為無論如何都需要這些東西，請提出一千兩百字以內的理由。』

「這……這在遭遇敵人襲擊時，可以用來詛咒對方……」

「我的老婆們如果不在我身邊，我會沒辦法百分之百發揮我工作的效率！」

『不通過。』

瑪莉亞冷淡地說道。椎崎和中津川大喊：「NO——！」

可能是看到了這一幕，其他船員——〈社長〉幹本、〈迅速進入倦怠期〉川越以及〈保護觀察處分〉箕輪三人哈哈大笑。

「這也沒辦法啊。因為執行任務確實用不到這些東西嘛。」

「是啊，我們也老早就這麼覺得了。」

「這種事情必須公私分明才行。」

『啊。當然，以後我也完全不會接通打給前妻或酒店小姐的私人電話，請見諒。更別提派自動感應攝影機到前男友身邊了。』

「……咦！」

聽見瑪莉亞說的話，三人同時瞪大雙眼。琴里看見他們的反應，額頭冒出青筋。

「你們……以前都利用〈佛拉克西納斯〉的設備做這種事嗎？」

「啊！不，那個……」

「您……您誤會了！我們都很認真地面對每一項任務……」

船員們語無倫次地辯解。琴里看了他們一會兒，唉聲嘆了一口氣。

「總之，現在沒有時間了。趕快跟瑪莉亞一起進行調整。」

船員們聽了敬禮回答：「是！」

「──好了，那我們……」

琴里話說到一半，瑪莉亞突然出聲打斷她。

『對了，基地內有人希望能跟琴里你們見面，您要接見嗎？』

「希望跟我們見面？到底是誰啊？」

『對。是艾略特．伍德曼議長。』

「……什麼？」

聽見瑪莉亞的回答，琴里目瞪口呆。

◇

士道一行人離開〈佛拉克西納斯〉，穿過機庫，再次走在長廊上。

由於所有船員都在〈佛拉克西納斯〉的艦橋上進行調整，目前在場的只有士道和一群精靈。琴里走在最前頭，發出「喀喀」的腳步聲。

「……士道、士道！」

走在後方的十香呼喊士道。於是，士道瞥了她一眼。

「嗯，有事嗎，十香？」

「沒有啦，我想問，那個叫伍德曼的人是誰啊？琴里看起來好像滿緊張的……」

聽十香這麼一說，士道望向琴里。聽見瑪莉亞說出那個名字後，琴里確實急忙穿起披在肩上的外套，好好地扣上釦子。

琴里面向前方，發出聲音回答這個問題。

「——伍德曼卿是〈拉塔托斯克〉意思決定機關的圓桌會議議長……〈拉塔托斯克〉實質上的首腦，創始人。可說是沒有他就沒有〈拉塔托斯克〉。」

「……！」

〈拉塔托斯克〉實質上的首腦。聽見這句話，士道微微抽動眉尾。

（——你究竟……不，你背後之人究竟在想些什麼？）

六喰對他說的話一瞬間在腦海裡復甦。

他並非對〈拉塔托斯克〉抱持懷疑。只是——該怎麼說呢？也許是在意自己決定振作之後，仍然找不到話可以回答六喰的問題吧。

就在這個時候，士道發現走在他身旁的二亞表情十分苦惱的樣子。

「……二亞？妳怎麼了？妳的表情很可怕耶。」

「……！」

士道呼喚二亞的名字，她便吃驚地抬起頭。

「嗯？啊哈哈，我沒怎樣啊。怎麼，難道你一直盯著我，連我細微的變化都察覺到了嗎？」

「喂、喂……」

士道苦笑著回答後，二亞便突然一本正經地輕聲低喃：

「……就是啊，我對伍德曼這個名字有些印象。」

「咦？」

就在士道如此回應後，走在前方的琴里在一扇門前停下腳步。

她按下安裝在門旁像對講機的裝置按鈕，通知自己來訪後打開門。

「來，進去吧。」

「打……打擾了。」

被琴里如此催促，士道一行人走進房間。

門內是一個有如書齋的空間。牆邊並排著收納無數書本的書櫃，與先前那總有些冷冰冰的建

築物氣息截然不同。

而最裡頭——一張大辦公桌前，可以看見兩名人物的身影。

一名是坐在輪椅上的中年男子。他戴著細框眼鏡，將長髮綁成一束，給人一種柔和的印象。另一名戴眼鏡穿著套裝的女性，則是挺直背脊姿勢端正地站在他身邊。

「咦……？」

「唔？」

看見他們的模樣，士道和站在他身邊的十香不禁皺起眉頭。

理由很單純。因為他們曾經見過這兩名人物。

沒錯。記得那是在遇見七罪之前所發生的事。士道和十香走在街頭，突然有一名坐輪椅的外國人男性向他們攀談。

「鮑……鮑德溫先生……？」

士道呼喚男子的名字。接著，男子露出不符合他年齡，有如惡作劇的少年的神情微笑。

「嗨，好久不見。那邊那位小姐，看起來也過得很好，真是太好了。我再次自我介紹吧。我是艾略特．鮑德溫．伍德曼。」

他說完望向士道和十香。士道和十香瞪大雙眼互相對視。

「……！伍德曼卿，您見過他們兩人嗎？」

琴里一臉驚訝地來回望向伍德曼和士道他們。於是，伍德曼戲謔地眨了眨眼。

「之前去天宮市的時候有見過面。」

「太亂來了……！要是發生意外該怎麼辦！」

「哈哈，抱歉啊。我以後會注意。」

聽見琴里說的話，伍德曼如此回答。然而他說話的語氣不如字面上那樣感到愧疚。琴里將手抵在額頭上，嘆了一口氣。

聽了琴里的說明後，士道本來對他感到有些敬畏，但本人似乎比他想像中還要來得爽朗。

就在士道思考著這種事情的時候，伍德曼突然正經八百地面向士道。

「不好意思，今天突然不請自來。照理說，應該由我主動拜訪你的……」

「不會，別這麼說。」

士道說完後，伍德曼突然垂下雙眼，繼續說：

「——首先，我要感謝你。真的非常謝謝你願意幫忙拯救精靈。」

「咦？啊，別客氣。」

聽伍德曼對自己這麼說，士道搔了搔臉頰。該怎麼說呢……像這樣被人鄭重道謝，感覺有點不知所措呢。

「我才想向您道謝呢。要是沒有〈拉塔托斯克〉，我搞不好連精靈的存在都不知道。光是想到……這些精靈可能在自己一無所知的情況下，一直受到DEM和AST的攻擊，我心裡就難受得很。」

「況且……」士道說了這句話後，緊接著說：

「我也很感謝您在五年前琴里被〈幻影〉變成精靈後，幫助了她。真的非常謝謝您。」

士道說完低下頭。

於是，伍德曼點了點頭，坦率地接受士道的感謝後，目不轉睛地盯著他的眼睛。

「——那麼，接下來我要向你道歉。把你捲進這種事情，真的很抱歉。還有，關於之前〈丹斯雷夫〉的事情，我也要向你道歉。我已經嚴格命令以後絕對不准再發生那種事情。」

「啊……」

〈丹斯雷夫〉。士道發現琴里聽見這個名字後抽動了一下眉尾。雖然士道本人記不太清楚了，但那好像是〈拉塔托斯克〉為防萬一所準備來殲滅士道的武器名稱。

在騷動之後，根據琴里所說，圓桌會議的其中一名幹部自作主張，擅自啟動了那個武器。

「……別這麼說。雖然情況有點複雜，但既然我有靈力失控的可能性，我認為的確需要一個備案來因應。再說了——就算事前向我說明，我想我應該還是會選擇幫助精靈……」

「士道……」

十香發出開心中又帶點擔心士道這種危險想法的聲音。士道輕輕笑了笑後，撫摸她的頭。

士道成功拯救了十香，拯救了其他的精靈。光憑現在掌心感受的觸感，士道就堅信自己過去所做的事情並沒有錯。

然而——不知為何……

「…………」

有件事情始終讓士道的心裡不舒坦。

沒錯。就是六喰先前對士道說的話。

當那些話掠過他腦海的同時，士道半下意識地開口：

「那個……我可以請問您一件事嗎？」

「什麼事？」

「我非常感謝〈拉塔托斯克〉……不過，為什麼〈拉塔托斯克〉會想幫助精靈呢？」

「……唔。」

士道說完後，伍德曼微微歪了歪頭。

「有什麼事情……讓你感到迷惘嗎？」

「！沒有……只是，有點好奇。」

士道感覺像內心被人看透一般，慌張地擺動雙手。

於是，折紙贊同士道這番話似的發出聲音：

「我也很好奇——〈拉塔托斯克〉幫助精靈是很好沒錯，我也很感謝這一點。可是，這麼做有什麼結果？花費龐大的預算將精靈集中在一起的理由是什麼？」

伍德曼擺出一副提出這個疑問是再自然不過的態度點了點頭後，開啟雙唇：

「你們會好奇也是理所當然的。〈拉塔托斯克〉這個組織對妳們精靈來說的確是『太順心如意』了，也怪不得你們會感到懷疑。」

伍德曼苦笑著說。

「不過……真是傷腦筋呢。我可能沒有準備能讓你們輕易就能接受的理由。」

「……這話怎麼說？」

「『拯救精靈』……這就是我最大的目的。」

「…………」

聽見伍德曼說的話，折紙微微皺起眉頭。

於是，站在房間另一側的二亞像是認同折紙表現出來的態度，高聲說道：

「這未免……太過聖人君子了吧？正所謂水清則無魚。說到這種地步，可就有點假了吧。」

二亞說話的語氣並非平常那樣像個和藹可親的大姊姊，而是用有點尖酸刻薄的聲音說。士道見狀，不禁瞪大了雙眼。

「二亞……？」

然而，二亞並沒有回應士道，只是凝視著伍德曼的雙眼繼續說：

「伍德曼。艾略特・鮑德溫・伍德曼。這是你的名字……沒錯吧？」

「對，沒錯。」

「那我再問你……身為 DEM Industry 創始人之一，三十年前第一次『讓精靈出現在這個世界上』的你，怎麼有臉說出這種義正詞嚴的漂亮話？」

「什麼……！」

聽見二亞說的話——

士道和其他精靈全都屏住了氣息。

「這……這是怎麼回事，二亞？伍德曼是ＤＥＭ的……？應該說，讓精靈出現是……？」

士道有些困惑地詢問，二亞便抓了抓頭回答：

「嗯……上個月——我還擁有完全狀態的〈囁告篇帙〉的時候，有機會稍微調查初始精靈出現在這世上時的狀況。」

「……！妳……妳說什麼？」

「我就是在那個時候知道的。艾薩克・威斯考特、艾蓮・梅瑟斯，以及……艾略特・伍德曼，這三名 DEM Industry 公司的創始人，跟初始精靈的出現有關。」

二亞用挑釁的語氣說完，伍德曼便吐了一口長氣開口：

「這樣啊。妳的天使是無所不知的〈囁告篇帙〉啊。我沒有打算隱瞞，既然如此，事情就好說了。沒錯……我以前和艾克──威斯考特和艾蓮一起讓初始精靈出現在這個世上。」

「……！」

士道屏住了呼吸。光是伍德曼曾經和那個威斯考特和艾蓮志同道合這件事，就足以讓他感到驚訝了──沒想到他還跟精靈的出現有關。

「喔喔，對了，我太晚介紹了。站在這裡的嘉蓮也曾是ＤＥＭ的職員，後來和我一起離開了ＤＥＭ。」

伍德曼像是突然想到這件事一樣，如此說道。於是，站在他後方宛如祕書官的女性便微微低下頭。

「──我是嘉蓮．諾拉．梅瑟斯。以後請多指教。」

「喔喔，妳好……嗯？」

士道反射性地回答──然後感到疑惑。因為他總覺得這個名字在哪裡聽過。

「梅瑟斯……？」

「對。艾蓮．梅瑟斯是我的親姊姊。」

「咦咦咦咦咦咦咦咦！」

聽見這突如其來的衝擊事實，士道和精靈們發出驚愕的叫聲。

「妳……妳說……妳是那個艾蓮的妹妹……！」

「驚慌。不過，聽她這麼一說，確實有點像呢。」

「這……這算是……姊妹通吃嗎……？」

「……美九，打住。深呼吸。」

七罪冷靜地安撫表現出一副混亂模樣的美九。

「好……好的，說的也是呢～～人家得冷靜下來才行～～」

美九坦率地點了點頭，如此回應。但之後卻雙手抓住七罪，將自己的臉埋進她蓬鬆的頭髮，深深呼吸了一口氣。七罪胡亂擺動手腳掙扎，但還是敵不過美九纖細的手臂使出的熱情態抱，不久便像是放棄抵抗似的全身無力地呈現癱軟狀態。

士道把手擱在胸口好讓劇烈的心跳平緩下來後，重新觀察嘉蓮的容貌……若是拿掉眼鏡，留長頭髮，的確很像那名巫師。不過，艾蓮的外表看起來頂多只有十五到十九歲，理應是妹妹的嘉蓮看起來卻有二十五歲，這一點讓他有點在意就是了。

話雖如此，現在有更多事必須先弄清楚才行。士道甩了甩頭重新提起精神後面向伍德曼。

「為……為什麼……要讓精靈出現？又是怎麼做到的……？」

士道詢問後，伍德曼便張開手示意要他冷靜。

「照順序來吧。我先……回答五河士道、鳶一折紙你們兩人的問題。」

伍德曼瞥了折紙一眼，繼續說：

「本条二亞說的沒錯，我確實是ＤＥＭ的創始成員之一。一開始我跟威斯考特他們一樣，想要利用精靈的力量。」

「…………」

聽見這句話，士道嚥了一口口水。這也難怪。畢竟為了拯救精靈而四處奔走的組織首領竟然說出這種話，也怪不得士道會緊張。

或許是察覺到士道的態度，伍德曼苦笑著接著說：

「不過——在我實際目睹初始精靈時，我……便改變了想法。捨棄過去的目的，離開ＤＥＭ，建立〈拉塔托斯克〉這個組織，決定用自己的一輩子來保護精靈，不惜與昔日同志為敵。」

「究竟……是發生了什麼事？」

士道用緊張得發抖的聲音詢問。

接著，伍德曼突然莞爾一笑，聳了聳肩。

「——因為我愛上了精靈。」

「…………咦？」

聽見出乎意料的回答，士道瞪大了雙眼。

「愛……愛上……？」

「沒錯。我第一次看見初始精靈的瞬間便被她深深吸引，無可救藥地愛上她。因此無法原諒想要奪取她力量的自己。」

伍德曼以熱情——就像個戀愛中的少年的口吻繼續說：

「所以，我無法忍受和她一樣的精靈有痛苦的遭遇。你們可能會笑說這個理由很愚蠢，但這就是我想要拯救精靈的唯一理由。」

「…………」

士道呆愣了一會兒，啞然無言。

他不認為從聲音和表情能看穿一個人的心。

但……不知為何，伍德曼說的話聽起來不像是違心之論。

士道緊咬牙根，搖了搖頭。

「一點都……不愚蠢。」

然後，踏出一步接著說：

「該怎麼說呢……我反而覺得還好是像您這種人創立了〈拉塔托斯克〉。」

士道如此說完，伍德曼露出有些驚訝的表情微微一笑。

「……謝謝你，你人真好。擁有封印靈力的能力是像你這樣的少年……我也感到很開心。」

「您過獎了……」

士道搖了搖頭如此說完，原本一臉誠懇聽著兩人對話的折紙便輕聲嘆息，望向嘉蓮。

「——那妳又為何跟隨他離開ＤＥＭ？」

「…………」

於是，嘉蓮眉頭動也不動地回答：

「因為我愛上了艾略特。」

「……噗！」

又聽見一句意想不到的發言，士道不由得乾咳了好幾下。

「是……是這樣嗎……？可是，伍德曼先生不是對那個初始精靈……」

「就算對方有喜歡的人，也沒有道理要放棄吧。如果他變心時我不在他身邊，不就錯過機會了嗎？」

「這……這個嘛……妳說的也沒錯啦。」

「當然，如果可以，我想趁他還有生殖能力的時候懷上他的種。雖然我打算盡可能尊重艾略特的心情，但是不將他的血脈留到後世是世界的損失。」

「……！這……這樣啊……」

聽見極其露骨且率直的發言，士道驚訝得眼睛子直打轉。總覺得她態度坦蕩到這種地步，反而顯得士道大驚小怪了。

伍德曼一臉為難地露出苦笑。

「哈哈……這我可就傷腦筋了。」

「你沒必要傷腦筋，艾略特。是我心甘情願。」

折紙一本正經地聽完嘉蓮說的話後，快步走到她身邊，猛然伸出右手。

「──我完全理解妳的心情。我對妳崇高的決心表示讚賞和喝彩。」

「我才要感謝妳。妳是第三個贊同我想法的人。」

嘉蓮說完握住折紙的手上下晃動。

「…………」

看來兩人似乎在士道無法窺知的領域上心靈相通。不知該怎麼說……士道總覺得自己的人身安全受到了威脅，不過難得兩人意氣相投，也沒必要說些掃興的話吧。

就在這個時候，伍德曼推了推眼鏡，將身體微微探向辦公桌上方。

「抱歉，五河士道。你能讓我仔細看看你的臉嗎？我最近視力衰退得很嚴重。」

「咦？啊……好的。」

士道聽從伍德曼的話，走到他身邊。

於是，伍德曼目不轉睛地窺視士道的臉，發出低聲沉吟。

「……原來如此——你果然很像當時的少年呢。」

「咦？」

聽見伍德曼自言自語般的話後，士道皺起了眉頭。

「當時是指——」

就在士道正要反問的時候——

下一瞬間——

劇烈的震動侵襲整個房間。

「嗚哇……！」

「喔喔！」

「呀——！」

宛如炸彈近距離爆炸的衝擊震動了牆壁、地板和天花板。排在書櫃上的書同時散落在地。

「各……各位，你們還好嗎！」

「嗯……沒事。不過，到底發生什麼事了？」

十香回應士道的聲音，並且環顧四周。這時，四糸乃一臉恐懼地說了：

「難不成……是六喰……嗎？」

「咦咦！所以隕石掉落到這裡來了嗎？」

四糸乃左手上的手偶「四糸奈」做出誇張的反應，用雙手夾住自己的臉頰說道。

不過，琴里卻露出嚴肅的表情搖搖頭。

「不對，剛才那是……」

就在此時，設置在房間內的擴音器正好響起一道慌張的聲音。

『伍德曼卿！發生緊急事態！』

「冷靜點。到底發生什麼事了？」

『我方遭受襲——襲擊！基地上空偵測到空中艦艇的反應！是……ＤＥＭ！』

「什麼……！」

聽見摻雜著雜訊的聲音所傳來的話語，士道的表情染上戰慄之色。

「你說……ＤＥＭ！不會吧，他們怎麼會發現這個基地——」

琴里愕然大喊——不過，中途卻屏住了呼吸。她應該是想起來了吧，想起沒有什麼事能瞞過現在的 DEM Industry。

「〈神蝕篇帙〉……！」

沒錯。無所不知的魔王〈神蝕篇帙〉。聽見這個名字，二亞一臉苦澀地點了點頭。

「……大概是吧。雖然我竭盡所能地防礙它搜尋的機能，但終究只能拖延時間罷了。關於他

們在干擾之前調查的事情，根本無可奈何。」

「唔……有兩把刷子嘛。竟然特地調查這個地方發動襲擊，表示敵人的目的要嘛是維修完畢的〈佛拉克西納斯〉——」

琴里望向伍德曼說了：

「要嘛是您，伍德曼卿。」

「……嗯。」

伍德曼將手抵在下巴，發出輕聲低吟，思考了幾秒後抬起頭。

「——總之，我們展開行動吧。既然對方已經知道了這個場所，總不能坐以待斃。」

說完，伍德曼猛然舉起手。

「五河司令。妳趕快帶其他精靈上〈佛拉克西納斯〉吧。然後盡快前往〈黃道帶〉的身邊——一定要拯救她。」

「了解。我一定做到……那您呢？」

琴里一臉不安地皺起眉頭詢問，伍德曼便突然莞爾一笑。

「我和嘉蓮會從別的路線逃脫。要是這個設施就這麼被威斯考特攻下，會有點麻煩。而且還有些事情必須善後——重點是，我這雙腿應該會成為你們的拖油瓶。」

伍德曼輕輕敲了敲自己的腿。琴里緊握拳頭，發出悲痛的聲音：

「可是！」

「沒事的。我已經事先規劃好逃脫路線，不需要擔心。我也沒打算輕易獻出我這條老命。因為我已經決定，要死也要死在自己心愛女人的懷裡。」

伍德曼打趣地說完，眨了眨眼。

「伍德曼先生……」

士道低喃般說了，嘉蓮的眼鏡鏡片閃過一道光芒。

「我的懷抱隨時都為你敞開。」

「哎呀，這樣我就更不能死了。我可不能把像妳這樣優秀的人才一起帶上路啊。」

伍德曼聳了聳肩。嘉蓮表情雖然沒有改變，卻流露出受到誇獎而開心的模樣，以及一同赴死遭拒的落寞心情。

伍德曼面向琴里，用力地點了點頭。

「去吧，五河司令。祝妳好運。」

聽見這句話，琴里猶豫了數秒後回以規矩的敬禮。

「……了解。伍德曼卿，請您一定要平安無事。」

伍德曼再次點點頭回應琴里。於是，琴里轉身對士道等人大聲說道：

「——好了，我們走吧。要是〈佛拉克西納斯〉被敵人擊落就沒戲唱了。」

琴里回過頭的臉龐充滿決心與使命感。

不過，只有緊握住的拳頭微微在顫抖。這也是理所當然的吧。想必她也會感到不安和困惑。然而，琴里身為〈拉塔托斯克〉的司令官，怎麼可以讓精靈們看見那種表情？

士道輕輕吐了一口氣後，用力點點頭。

「好……也對，我們走吧。」

「嗯，快點走吧！」

「好……好的……！」

精靈們也如此回應琴里。士道在一瞬間與琴里視線相交，互相輕輕點了點頭後，對伍德曼低下頭，接著帶大家離開房間。

一群人原路折返，在長廊上奔跑。四周響起了爆炸聲、槍擊聲，以及——隨意領域造成的破壞聲。

「唔……到底有多少敵人闖進來啊！」

「不知道！不過，既然偵測到了空中艦艇——」

不知道在走廊上奔跑了多久，琴里話才說到一半，前方的牆壁突然應聲爆炸，四散開來。

「嗚哇！」

「什麼……！」

牆壁的碎片散落四周，冒出白煙。接著一具扭曲的人形機器做出劈開牆壁的動作——出現在士道一行人的面前。

金屬的肌膚、修長的手臂，以及嵌在圓形頭部中央的單眼。它蠕動著排列了巨大爪子的手，宛如尋找獵物般慢慢前進。

「……〈幻獸・邦德思基〉！」

士道皺起臉孔，呼喊那隻異形的名字。沒錯。那正是DEM Industry擁有的無人兵器〈幻獸・邦德思基〉。

聽見士道的聲音後，〈幻獸・邦德思基〉頭部的攝影機立刻轉向士道一行人。

「唔……！」

「——快躲開，士道。」

折紙的聲音瞬間響起後，一道光線便從後方掠過士道的頭髮。

「唔喔……！」

濃密的靈力組成的光之奔流貫穿了〈幻獸・邦德思基〉的頭部，使它陷入永遠的沉默。士道往後方一看，發現在不知不覺間，那裡竟飄浮著宛如巨大「羽毛」的東西。是折紙的天使〈滅絕天使(Metatron)〉。

「謝……謝謝妳，折紙。」

士道說完後，折紙有些得意地點了點頭。

話雖如此，現在可沒時間那麼悠哉了。周圍仍然不停響起戰鬥聲，〈幻獸・邦德思基〉都攻打到這裡來了，也難保停放〈佛拉克西納斯〉的機庫是安全的。

「總之，動作快。沒有時間——」

然而——

士道卻在這時止住了話語。

不對，是不得不這麼做。

因為前方響起出乎意料的聲音。

「——哎呀，想不到連你們都在啊。」

「什麼……！」

聽見這與緊張的場合格格不入，一派輕鬆的聲音，士道皺起了眉頭。

於是，一名身穿暗色西裝的男子帶著兩名裝備著 CR-Unit 的巫師，悠然地從至今仍未散去的白煙中走了出來。

那張令人無法忘懷的臉孔是——

「威斯考特！」

沒錯。他正是 DEM Industry 的領袖，與士道等人因緣匪淺的對象，艾薩克・威斯考特本人。

「…………！」

「你說什麼！」

看見威斯考特的身影，精靈們的表情染上警戒之色。不過，這也是理所當然的事吧。就算得知敵人的根據地，通常組織首領也不會親自到場襲擊。而事實上，這類粗暴的事情，威斯考特以往都是全權交給艾蓮處理。

話雖如此，他也並非省油的燈。眼前的這個男人可說是和上個月之前的威斯考特判若兩人。因為——

「——〈滅絕天使〉！」

像是要打斷士道的思考一般，才剛響起折紙的聲音，〈滅絕天使〉的光線便像剛才一樣一直線射向威斯考特。

然而，就在光線即將灼燒威斯考特的瞬間，一張像是舊書書頁的東西出現在他的身體前方，包裹住〈滅絕天使〉的一擊後，消融在空氣中。

「威斯考特大人！」

「您沒受傷吧……！」

站在威斯考特身旁的兩名巫師發出慌亂的聲音。不過，當事人威斯考特卻泰然自若，甚至以優雅的動作點了點頭。

「太棒了。堅定且正確的一擊。」

「……嘖！」

折紙憤恨不平地咂了咂嘴。於是，威斯考特露出猖狂的微笑，朝前方舉起右手。

「不過，很可惜。限定天使的力量傷不了目前的我。」

接著，空間隨著這個舉動開始扭曲變形，一本散發出不祥氣息的書本從中出現。

「——〈神蝕篇帙〉。」

「……！」

士道不由得屏住呼吸。〈神蝕篇帙〉——威斯考特從二亞身上奪走的無所不知的魔王。

而他顯示出〈神蝕篇帙〉的這個舉動代表的只有一件事。那就是準備開戰。

想必精靈們也感受到戰爭的氣氛了吧，只見她們集中意識，紛紛開始顯現各自的限定靈裝和天使。

「喝啊！」

十香顯現出以淡淡的光之紗構成的限定靈裝與巨大的劍型天使〈鏖殺公〉(Sandalphon)，朝地面一蹬，砍向威斯考特。

接著，站在威斯考特身邊的巫師高舉光劍跳到他的面前，擋下十香的一擊。

「唔……！」

「少——礙事！」

十香發出如裂帛般清厲的氣勢，橫向揮舞手上的劍。巫師似乎反射性地提高了隨意領域的強度，但抵抗失敗，就這麼猛裂撞到牆面上。

「嘎噗……！」

「……！」

十香不理會巫師發出的痛苦叫聲，面向威斯考特。

結果，威斯考特在眼前有敵人的狀況下，臉上依然露出笑容。

「真是勇猛啊，太優秀了，〈公主〉。不過，很遺憾。其實我很想應戰，但我今天的目的不是你們。」

「開什麼玩笑，你以為我會讓你逃跑嗎！」

「哈哈，我可絲毫沒有那種念頭。因為要是放下你們不管，感覺會產生許多麻煩呢。」

威斯考特露出邪魅的笑容如此說完，做出用手指描繪飄浮在空中的書頁的動作。

「我想想。正好讓我見識你的力量吧。」

然後像是在對書本說話似的，吶喊出這句話：

「〈神蝕篇帙〉——【幻書館】。」

「……十香！」

在鼓膜捕捉到這道聲音的同時，士道不禁大聲吶喊。他不知道這個能力會造成什麼後果。不過，卻感受到一股宛如冰冷的手撫過背脊的感覺。

於是下一瞬間，原本打算砍向威斯考特的十香腳下的空間扭曲歪斜，隨後一本巨大的書籍從中出現，宛如張開大嘴般攤開頁面。

「什麼——」

事發突然，十香屏住呼吸，想要退向後方。

然而——為時已晚。巨大的書籍像是要將十香整個人吞下，迅速地闔上它的身體。十香便像是被製成壓花一樣，整個人被吸進了書本裡。

「十香！」

士道大喊後朝地面一蹬，試圖救出十香。但是，在士道的手就要觸碰到書籍的時候，書本消失在虛空中。

而且，事情並未就此終止。

「呀……！」

「這……這是怎樣啊！」

其他精靈的方向傳來這樣的哀號聲。士道急忙轉頭望向後方。

然後得知她們發出這種叫聲的理由。因為精靈們的腳下或背後出現了和剛才吞下十香一樣的巨大書籍。

「唔……！」

「嘖——〈囁告篇帙〉……！」

「大家！快點逃——」

士道想要大聲警告其他人。

然而，這個舉動毫無意義。因為出現在走廊的巨大書籍接二連三闔起，將精靈們一一吞沒。

「哇！可……可惡……！」

「士……士道——」

書本慢慢消失在虛空中，徒留精靈們的聲音。士道只能眼睜睜看著這幅光景，愕然地瞪大雙眼望向威斯考特。

「可惡……！你這傢伙，把大家帶到哪裡去了！」

「哈哈。你用不著這麼吹鬍子瞪眼睛的。反正你馬上就會和她們見面。」

威斯考特如此說完，揚起嘴角的瞬間——

吞噬其他人的書本也出現在士道的腳下。

「！嗚……嗚哇啊！」

「等我解決完艾略特後，再來對付你們。在那之前，你們就迷失在幻想的世界中吧。」

在威斯考特這麼說的同時，書本將士道夾進書頁間——闔上了封面。

「唔……就第一次來說，算是做得很好了。」

威斯考特撫過〈神蝕篇帙〉的封面，翻閱頁面。

於是，裡頭顯示出先前並未記載的文章。

「威斯考特大人……！」

剛才被〈公主〉——十香擊飛的護衛巫師站起身，回到威斯考特的身邊。

「非常抱歉，我太大意了……！」

「沒關係。多虧了你，讓我有機會試試〈神蝕篇帙〉的能力。」

威斯考特淺淺一笑後，巫師一臉納悶地環顧四周。

「所以……那群精靈究竟到哪裡去了？」

「這個嘛——」

威斯考特將視線落在〈神蝕篇帙〉的文章上，揚起嘴角。

「他們正待在故事裡，迷失在各自的幻想中。」

「故事……？」

巫師疑惑地歪了歪頭。反正他也不可能馬上理解，除了威斯考特以外，也不需要有人明白魔王的力量。威斯考特闔上〈神蝕篇帙〉，抬起頭轉換話題。

「——別說這個了，現在應該以目標為優先吧。我也很期待見到老朋友呢。」

威斯考特說完後，兩名巫師便敬禮回答：「是！」

第四章 FAIRY TALE

「……嗯，唔……」

士道發出輕聲低吟，微微睜開眼。

他搓揉雙眼好讓模糊的視野變得清晰。於是，原本朦朧的風景越來越真實。

「…………？」

不過，周圍的景象是清晰了沒錯，但內心也感受到一股強烈的不協調感。

士道似乎躺在一張像床的東西上，然而……周圍的空間明顯是陌生的場所。

「這裡是哪裡啊……」

士道眉頭深鎖，坐起身來，結果發出沙沙的聲響。

看來士道先前躺著的床似乎是用稻草做的。不對——仔細觀察後發現，就連士道所在的房間牆壁和天花板也都是用類似的材料建造而成。

「這是……」

就在這個時候，士道赫然抖了一下肩膀。沒錯，因為他剛才還位於〈拉塔托斯克〉的設施

——接著就被威斯考特吸進了書裡。

「所以說，這裡是……書中？」

士道困惑地皺起臉孔，走下床。不過……此時他卻感受到自己行動不便。

他納悶地望向自己的身體後，發現不知為何自己竟穿著厚重的布偶裝。

「這副模樣是怎麼回事……行動真是不方便。」

士道皺起眉頭，扭動身軀，脫下布偶裝。拔掉罩住頭部的頭套，頭套拉長士道的脖子後才甘願離開。

士道低頭望向脫下的布偶裝頭套，歪了歪頭。

「……豬？」

沒錯。肉色的外皮、折起的耳朵，以及具有特色的大鼻子。士道先前穿在身上的，是一件逗趣的變形豬布偶裝。

這時，士道發現了一件事，突然停止動作。

「……豬加上稻草屋。這該不會……」

就在士道話說到一半的瞬間——

「咻！」一聲，吹來一陣狂風，把稻草屋吹得七零八落。

「嗚……嗚哇！」

士道被風壓吹動，也當場摔了個跟斗。

「痛死我了……搞什麼啊？」

士道揉著頭坐起身後，抖了一下肩膀。

理由很單純。因為有一道巨大的影子突然出現在地面上，籠罩著士道。

「…………」

士道戰戰兢兢地抬起頭，於是看見一隻外表可怕的巨大野獸。

排列著尖銳牙齒的大嘴、炯炯發光的眼睛，以及被茶色的毛覆蓋的軀體。牠的體型比士道大一倍以上，不知為何，像卡通人物一樣用兩腳行走。

沒錯，牠就是童話故事中代表性的反派——大野狼。

『——嘿嘿嘿，發現一隻看起來很好吃的小豬了。看我一口吃掉你！』

大野狼用誇張的動作舔了舔嘴脣，口水滴滴答答地滴到地面和士道的頭上。

「咦，呃……」

士道整張臉冷汗直流，發出顫抖的聲音：

「等一下，你冷靜一點。我……」

『嘎啊啊啊啊啊啊！』

不過，大野狼不予理會，張開牠的大嘴逼近士道。

「嗚……嗚哇啊啊啊啊！」

儘管外貌和動作是逗趣的怪獸，但牠野生的魄力和飄散四周的野獸臭味令士道的腦海輕易便浮現一個「死」字。他發出驚聲尖叫，幾乎就要叫破喉嚨，連滾帶爬地逃離現場。

『哈哈！別想逃！』

大野狼大聲吶喊令空氣為之震動，追在士道的後頭。士道拚死拚活地蹬著地面，努力整理混亂的思緒。

士道先前穿著的小豬布偶裝、被風吹毀的稻草屋，以及追著他不放的大野狼。

這簡直就像是——

「——三隻小豬嗎！」

士道吶喊出腦裡浮現的名稱，不斷在廣闊的原野上奔跑。

沒錯。《三隻小豬》。那個世界著名的童話故事。

小豬三兄弟建造了自己的家，但用稻草蓋房子的大哥和用木頭蓋房子的二哥被壞心的大野狼破壞房子，吃下肚，只有花時間用磚塊蓋房子的小弟倖免於難……故事大概就是這樣的內容。

士道將自己現在的狀況比擬成那個故事。士道先前躺著休息的，無庸置疑是稻草屋。也就是說，這代表——

「我是第一個被吃掉的豬大哥嗎！」

『別跑，小豬啊啊啊啊啊！』

士道發出泫然欲泣的聲音後，大野狼便發出更加宏量的聲音蓋過他。

這也算是不幸中的大幸吧，逗趣地用兩隻腳行走的大野狼展現不出四腳獸的速度，讓士道靠雙腳也能勉強不被追上。但是，士道的體力也差不多到達極限了。他全身的肌肉開始疼痛，心肺發出悲鳴。

「呼……呼……！」

可是，只要一停下腳步，就會立刻被吞進大野狼的肚子裡。士道勉強保持速度，尋找甩開大野狼的方法。

「……！」

不知道你追我跑了多久後，士道發現前方有一間小房子，而且不是豬二哥建造的那種簡樸的木房。如果是那間房子，應該不會那麼輕易被破壞吧。

真是天助我也。士道明知無禮，還是衝進了那間房子，然後關上門，鎖起來。

「呼……呼……呼……」

士道倚靠著房門，下一瞬間便響起「咚咚咚！」的敲門聲。他雖然抖了一下肩膀，還是用力抵住門，不讓房門被踹破。

大野狼又是敲門又是抓牆的，過了一陣子後……這些聲音才靜止下來。看來似乎是明白自己破壞不了房子而放棄的樣子。

「得……得救了……」

士道全身無力地癱軟在地，調整呼吸後，突然抬起頭。

因為他的腦海裡浮現三隻小豬的最後一幕。

印象中大野狼一知道自己破壞不了豬小弟蓋的磚頭房後，就試著從房子的煙囪進入。

「這間房子……不像是其他小豬建造的呢。不知道是誰住在這裡……？」

要是這個房子的居民被從煙囪入侵的大野狼襲擊，可就糟糕了。士道為了通知居民有危險，大聲吶喊：

「不好意思！有人在家嗎！」

於是，內部的房間傳來細小的聲音回應士道。

「有……有人在……請問是哪位？」

果然有人住在這裡。正當士道想傳達大野狼可能會闖進這個家的時候——

「……嗯？」

他突然歪了歪頭。

理由很單純。因為他覺得剛才傳來的聲音很耳熟。

「剛才的聲音是……」

士道皺起眉頭走向發出聲音的方向，探頭窺視裡面的房間。

於是果不其然，眼前出現一名士道十分熟悉的少女身影——一頭波浪長捲髮、嬌小的身軀，以及左手戴著兔子手偶的少女。

「……！士……士道……！」

「喔！士道！終於遇見熟人了！」

剛才和士道一樣被書吞噬的四糸乃和「四糸奈」看見士道的身影後，驚訝得瞪大雙眼。士道吐出安心的氣息，並且走進房間。

「四糸乃、四糸奈！太好了，妳們沒事啊！」

「是……是的……士道你也沒事，真是太好了。」

「嗯～～可是可是，士道，這裡究竟是怎麼回事啊？」

「四糸奈」說完歪了歪頭。

「這個嘛……我也搞不太清楚呢。我也是眼睛一睜開就穿著布偶裝，陷入像三隻小豬一樣的狀況……」

這時，士道止住了話語。

由於重逢的喜悅令他大為感動，所以他剛才並沒有注意到……原來四糸乃和「四糸奈」的服裝也跟先前的截然不同。

她們的裝扮一樣是童話故事裡會出現的那種可愛服裝。白襯衫、花邊裙，以及……「附有紅色兜帽的斗篷」。

那副模樣……簡直跟小紅帽如出一轍。

「四……四糸乃……妳這身打扮是？」

「不知道……我回過神來就穿成這樣了……而且，還被吩咐要去外婆家跑腿……」

「就是說呀。真是莫名其妙呢～而且好像也無法使用靈力和天使，反正也不知道該怎麼辦，就來到外婆家了。」

「…………」

聽見這句話，士道的額頭冒出汗水。

這也難怪。因為完全沒聽過《小紅帽》的日本人大概不多吧。那是跟《三隻小豬》一樣……不對，是比《三隻小豬》更有名的童話故事。

記得故事大綱是小紅帽來到外婆家的時候，外婆就已經——

當士道思考著這種事情的時候，擺放在房間內部的一張大床蠢動了起來。

『……哎呀，小紅帽啊，有客人來了嗎？』

然後，傳來就外婆而言有些中氣十足過了頭的聲音。

「是……是的。那個……外婆，我差不多該走了。我把麵包和葡萄酒放在這裡喔。」

四糸乃說完後，蓋著棉被的「外婆」彷彿在竊笑般晃動著身體。

『啊啊……小紅帽真乖，是個乖孩子呢。不只自己送上門來，還帶了個看起來這麼美味的小豬給我！』

下一瞬間，一隻大野狼從棉被裡出現。基本上還是戴上帽子、眼鏡，穿上睡衣，喬裝成外婆的模樣，但牠的體格怎麼看都是剛才追逐士道的那隻大野狼。

「呀……呀啊啊啊！」

「嗚噫啊！外婆變成野獸模式了！」

四糸乃和「四糸奈」發出尖叫聲。於是，大野狼剝下喬裝的衣服，哈哈大笑。

『喔喔喔喔！好久不見啦，小豬～你以為你順利逃掉了嗎？』

「你是剛才的那隻大野狼！怎麼會！」

士道發出高八度的聲音。這明顯不對勁吧。照理說從剛才追逐士道時開始，這隻大野狼就已經躲進床上了。就常識來思考的話，根本不可能是同一個體。

『哈哈！在「這個世界」裡，你還在說什麼傻話啊！算了。總之，我就把你們兩個一起生吞下肚吧啊啊啊啊啊！』

「……！四糸乃、四糸奈，快點逃！」

「好……好的……！」

士道牽起四糸乃的手，踹破家門，一溜煙地逃出屋子。
就這麼和剛才一樣奔跑在原野中，逃離大野狼。
不過，這種情況並沒有持續太久。因為士道的身體已經到達極限，更何況他還帶著四糸乃逃跑。士道雙腿突然無力，當場摔了個狗吃屎。
「唔……！」
由於士道立刻放開四糸乃的手才沒有把她拖下水，但是——雙腿一旦停止運動，一時半刻無法馬上恢復行動。
「士道！」
四糸乃憂心忡忡地大喊，想要扶起士道。
然而，為時已晚。趴在地上的士道和挨近他身邊的四糸乃上方出現一道巨大的影子。
『看來，你們逃不掉了呢。』
大野狼的大眼發出炯炯有神的光芒窺視兩人的臉。士道倒抽了一口氣，推開四糸乃的背。
「四糸乃！快逃！」
「怎麼可以……！我怎麼能丟下你逃跑……！」
四糸乃大喊後，大野狼便打從心底開心地哈哈大笑。
『呀哈哈哈哈哈！你們的友情真是感人啊。那我就不客氣，兩人一起……享用啦啊啊啊啊

啊啊！』

大野狼張開大嘴，想要把士道和四糸乃生吞下肚。士道抱住四糸乃的身體保護她，緊咬牙根以便忍耐隨後襲來的痛楚。

然而——不論經過多久，也沒有產生預想之中的疼痛。

反倒傳來拔刀般的金屬聲和數發的槍聲，以及大野狼發出的痛苦叫聲。

『唔……妳們是什麼人！』

「咦……？」

聽見大野狼發出疑問的聲音，士道抬起頭。

便看見有兩名少女阻擋在士道等人的前方保護他們。

「——你們沒事吧，士道！四糸乃！」

「嘿嘿嘿，真是千鈞一髮啊，少年。」

「！十香！還有——二亞！」

看見兩人的臉，士道瞪大了雙眼。

沒錯，在岌岌可危的時刻出現在眼前的正是身穿華麗的無袖外褂、褲裙、綁腿，手中握著刀的十香，以及身穿黑色長大衣，雙手舉著白銀手槍的二亞。

兩人都與士道他們一樣，打扮得十分有個性，但和士道、四糸乃不同的一點在於兩人模仿的是適合戰鬥的角色。

想必是為了保護士道他們才攻擊大野狼的吧。大野狼的毛皮上刻劃著刀傷和槍傷。

不過，不見大野狼露出絲毫畏懼的神色，牠加深臉上猙獰的笑容，雙手著地開始發出低鳴。

『哼！雖然我搞不太清楚狀況，但很有意思嘛。我就招待你們到我的五臟廟裡參觀吧！』

「……嘖！皮還真厚呢。比力氣對我們不利。」

二亞手持兩把槍，一臉嫌麻煩地如此低喃，然後瞄了十香一眼，接著說道：

「十香，妳可以把掛在妳腰上的糯米丸子扔一顆給那傢伙嗎？」

「唔？妳說這個嗎？」

十香歪著頭聽從二亞說的話，從掛在腰間的袋子裡拿出一顆丸子，扔向大野狼。

「我扔！」

『嘎啊啊啊啊啊──啊啊？』

大野狼正要攻擊十香等人的時候，丸子剛好滾進了牠的大嘴。

大野狼一臉疑惑地嚥下丸子後──

下一瞬間，剛才的粗暴態度宛如虛假，大野狼擺出標準的「坐下」姿勢。

「咦……？」

士道目瞪口呆。接著大野狼一臉抱歉地低下頭。

『哎呀，小豬和小紅帽。剛才真是對不起啊。我也是因為太餓了才會那麼凶暴……』

「啊，不會……」

看見大野狼的態度一百八十度大轉變，士道呆若木雞。於是二亞「嘿嘿嘿」地笑道：

「不愧是桃太郎牌糯米丸子。對犬科動物立馬見效呢～」

說完，二亞拍了拍十香的肩膀。她說的沒錯，十香的裝扮正是日本無人不知無人不曉的日本第一桃太郎。

「……不過，糯米丸子是這樣用的嗎？」

「別那麼計較嘛。反正得救了，這樣不就好了嗎？」

二亞聳了聳肩說道。

雖然有許多事情令人在意，但二亞說的沒錯。士道這才終於吐出安心的氣息，搖搖晃晃地站起來面向兩人。

「說的也是……十香、二亞，謝謝妳們相救。」

「嗯，只要士道你們沒事就好！」

十香將刀收回刀鞘，莞爾一笑。綁成馬尾的髮型和額頭上閃閃發光的護額莫名地適合她。

「唔？怎麼了？」

「不……沒什麼。對了，二亞。這裡究竟是哪裡啊？我們是被〈神蝕篇帙〉吞噬了嗎？」

士道詢問後，二亞便面露難色「嗯……」地發出低吟。

「雖不中亦不遠矣吧……我們是透過〈神蝕篇帙〉這個管道來到這裡，這一點肯定沒錯，但並不是來到〈神蝕篇帙〉本身當中。真要說的話，算是來到〈神蝕篇帙〉創造出的類似『鄰界』的超小規模空間吧。」

「鄰界……！」

聽見二亞說的話，士道皺起了眉頭。鄰界，那是精靈存在的異空間名稱。

「不是啦，只是說大致區分的話，它的性質比較接近這樣的表達方式而已，並非真的是鄰界。簡單來說，我們是被困進與外界隔離的空間裡了。」

「原……原來是這樣啊。那麼，四糸乃她們為什麼會做這樣的打扮？」

「嗯……所謂的【幻書館】，就是以人的想像、幻想，描繪出來的故事為基礎，所打造出來的空間。」

「……也就是說？」

「說得簡單一點的話，這裡是〈神蝕篇帙〉收集而來的全世界的『童話』所混合而成的世界。被吸進這個世界的我們，也進入了那些『故事』當中。」

「『故事』……」

「沒錯。少年你看起來打扮滿普通，不過……你應該有想到什麼頭緒吧？」

「喔喔……我醒來的時候穿著小豬布偶裝，被大野狼追趕。」

士道說完後，二亞噗嗤一聲笑道：

「那是怎樣，《三隻小豬》嗎？咦，你為什麼脫掉布偶裝啦？真想看看你那副模樣呢～～」

「少……少囉嗦。」

士道如此說完，再次環顧其他人的裝扮。所有人確實都打扮成童話人物的模樣。士道的三隻小豬，加上小紅帽、桃太郎，以及——

「……嗯？」

士道望向二亞，疑惑地歪了歪頭。

「二亞，話說，妳是什麼故事的人物啊？」

沒錯。其他人的裝扮一眼就可以看出是什麼故事的角色，但唯有二亞的裝扮看不出來。至少，士道從沒看過身穿黑色大衣，手持兩把手槍的童話主角。

於是，二亞啊哈哈地笑道：

「你說我嗎？是《SILVER BULLET》的法蒂瑪啦。」

「《SILVER BULLET》……不是妳畫的漫畫嗎！」

聽見二亞的回答，士道發出錯愕的聲音。

聽她這麼一說，士道覺得她的裝扮確實很像本条蒼二作品《SILVER BULLET》裡的主角。

「呵呵呵，創作是沒有樊籬的，少年。當然，知名度高的故事出現在表層的可能性較高，所以必定會出現許多以前的童話故事。但我畢竟是作者嘛，所以『故事』便根據個人的『機緣』而具體顯現出來了吧。」

「是……是這樣嗎……我還以為只限定童話故事呢。」

「沒這回事。只要是人所描繪的『故事』，應該都會存在於這個世界的某處。像是人們容易認出……知名度較高的角色，即使是近代的人物應該也隨處可見。啊，剛才說完就看見了，世界第一有名的老鼠就在那裡。」

「停！總覺得不能提到那個人物！」

士道高聲吶喊，猛力搖了搖頭。

「……總……總之，雖然無法完全理解，但我大概知道這裡是什麼樣的地方了。可是，我來到這裡的時候似乎失去了意識。妳知道我們來到這裡多久了嗎？」

士道一臉不安地皺起眉頭如此說道。沒錯。士道一行人原本正趕往〈佛拉克西納斯〉。要是就這麼白白浪費時間，〈拉塔托斯克〉的基地可能會遭到摧殘……DEM的魔手也可能會再次伸向位於外太空的六喰。

二亞或許是察覺到士道的擔憂了，只見她張開掌心安撫士道。

「好了、好了。切勿焦急，少年。這種時候越是要冷靜才行。這個空間的時間流逝得比外面的世界還慢，所以事態一時之間應該不會有太大的變化。」

「是……是這樣嗎？」

聽見二亞說的話，士道一雙眼睛瞪得老大。於是，二亞聳了聳肩繼續說：

「嗯……不過，既然得找出離開這裡的手段，我們也不能拖拖拉拉。」

「……！對了，我也一直想問，我們到底要怎麼樣才能離開這裡？」

士道詢問後，二亞便面露難色地盤起雙臂。

「最確實的方法是威斯考特使用〈神蝕篇帙〉，再次開啟路徑……」

「喂……喂喂……」

士道苦著一張臉。怎麼可能把希望寄託在捕捉士道等人的敵人身上？況且，倘若威斯考特真要釋放士道等人，恐怕也是在對方達成他們所有目的之後吧。

「除此之外……就只能尋找看看有什麼角色人物能夠從內側打破世界了吧。像是從故事中跑出來的主角，或是乾脆尋找無所不能的超人幫忙。」

「有……有這種剛好符合我們需求的角色嗎？」

「嗯……畢竟這個世界裡混合了許多古今中外的『故事』嘛，我想某個地方應該會有。只是……不知道他們在哪裡，就算真的找到，也不曉得他願不願意助我們一臂之力。」

「唔唔……」

聽見二亞說的話，士道不禁皺起眉頭。他不知道這個世界有多大，但這簡直是海底撈針嘛。

即使如此，也總不能裹足不前吧。士道吐了一口長氣好讓心情沉靜下來後，抬起頭。

「——總之，先去找其他同伴吧。琴里她們也跟我們一樣被送到這世界的某個地方了吧？」

「嗯，應該是。」

「那先找到她們再說吧。如果不是大家一起回到外面的世界，就沒有意義了。」

士道說完後，其他人便點了點頭表示同意。

不過，十香這時卻面有難色地交抱雙臂。

「可是，士道，要怎麼找到其他人啊？」

「唔，這個嘛……」

士道無言以對。就策略來說，這個方法並沒有錯。但老實說，士道一點頭緒也沒有。

就在士道感到煩惱的時候，始終保持沉默在一旁聆聽大家說話的大野狼慢慢舉起手。

『那個，你們該不會是在找跟你們一起來到這世界的其他人吧？』

「咦？嗯，對啊……沒錯。」

大野狼一改先前的態度，變得彬彬有禮。士道儘管對牠的發言感到困惑，還是予以回答。於是，大野狼「咚」的一聲拍了拍胸口，繼續說：

『那麼，我的鼻子也許能派上用場。在這個世界，你們可說是異物，有著特殊的氣息。只要循著類似的味道尋找，搞不好能找到。』

「……！真……真的嗎？」

「喔喔！真有你的嘛，大野狼！」

十香露出開朗的表情撫摸大野狼的頭。大野狼可能是把餵牠吃糯米丸子的十香當成了主人，只見牠欣喜萬分地發出低鳴。

『——那麼，我們立刻出發吧。我聞到北邊城下一帶有淡淡的味道。』

「好，拜託你了……」

士道在雙腿用力，原地站起身。不過，筋疲力盡的雙腳似乎還沒有完全恢復，瞬間腳步踉蹌，差點跌倒。

「……唔。」

「唔，你還好嗎，士道？」

「嗯，沒事、沒事。只是有點站不穩而已。」

士道說完後，大野狼意志消沉地垂下雙耳。

『對不起……是我害的吧。既然如此，我就負起責任運送小豬，也算表示我的歉意。』

「咦？不……不用了啦……」

『沒關係，不用客氣。來，請進到我的嘴裡吧。基本上我都是直接生吞獵物，不會咀嚼，等一下再吐出來就好。』

「…………」

聽見這無比嚇人的話，士道一語不發地用力搖了搖頭。

◇

「……里！琴里！」

「……沒有……反應。」

在朦朧的意識中，琴里的鼓膜聽見這樣的聲音。

不過，身體卻無法做出反應。不對，不只身體。即使聽見有人在呼喚她，頭腦卻無法思考。

現在支配著琴里的，只是深沉的睡眠。

到剛才為止還冰冷無比的手腳早已沒有感覺。如果就這麼沉睡下去，恐怕再也不會清醒過來了吧。然而即使心裡明白，還是無法湧現對抗睡意的力量。琴里僅存的一點意識宛如沙漏裡的沙子掉落般消逝——

「啊！士道，你來得正好。琴里不起來啦。」

「請求。這樣下去情況危急。請你幫她做心臟按摩。」

「……嗚哇，突然就要人動手啊。真大膽。」

「不管。事態緊急，按摩一下沒關係。要不然直接來吧。」

「…………你在幹什麼啊啊啊啊啊啊啊！」

琴里感受到兩邊胸部被人揉捏的觸感，忍不住大叫出聲。

然而睜開眼睛一瞧，卻發現揉捏自己胸部的並非哥哥士道，而是長相如出一轍的兩名少女。

「……妳們在幹什麼啊，耶俱矢、夕弦？」

琴里瞇起眼睛輕蔑地詢問後，耶俱矢和夕弦便互相看了一下，接著面向琴里。兩人都穿著補上補丁的寒酸服裝，攜帶一大包行李。即使是類似的服裝，但不知為何耶俱矢是褲裝，而夕弦則是裙裝。可能是因為體型和髮型也互補的關係吧，兩人看起來就像是龍鳳胎。

「呵呵，汝上當了，琴里。」

「首肯。只要提出士道的名字，妳就會因為愛的力量而清醒。看來這個預想果然是對的。」

至今仍然將手擱在琴里胸口的兩人不停動著手指說道。琴里「哼！」了一聲，揮開兩人的手後，打算原地站起來……卻搖搖晃晃地癱坐在地。

「喂，汝還好嗎？」

「擔心。妳非常虛弱。」

「……當然會虛弱啊。」

琴里吐著白色氣息，再次環顧四周。

她們三人目前位於宛如出現在童話中的外國街道……問題在於氣候。

一望無際的白。不知從何時開始下個不停的雪將街頭的景色染成一片銀白世界。

琴里在這樣的天氣下只穿著單薄的衣服，連個保暖的禦寒用品都沒有就被扔在街上，也難怪身子骨會虛弱。

琴里瞥了一眼自己手上拿著的籃子——裡頭裝滿了火柴。

「……真是的，這根本是《賣火柴的小女孩》嘛。」

「《賣火柴的小女孩》？」

「提問。那是什麼？」

兩人歪了歪頭表示疑惑。琴里輕輕點點頭，繼續說道：

「那是安徒生童話。在說一名貧窮的少女在冬天的街頭賣火柴，但是完全賣不出去，夜越來越深……受不了寒冷的少女點燃火柴取暖……哈……哈啾！」

話說到一半，琴里便打了一個大噴嚏。這也難怪。雖然被八舞姊妹叫醒，但事態從剛才起就沒有任何的改善。

「總之，換個地方說吧。這裡太冷了。」

「首肯。先移動到能躲雪的地方吧。」

耶俱矢和夕弦如此說完，拉起琴里的手繞到自己的肩上攙扶她，在雪地上留下足跡。

幾分鐘後，三人來到狹窄的小巷子裡。當然天氣還是一樣寒冷，但這裡似乎是廢物堆積場，起碼沒有風吹進來，也多虧了建築物的屋頂很密集，沒有積雪。

「其實我想要到室內啦……但總比剛才那個地方好多了。」

「同意。接下來如果有火就更感謝了……」

這時，夕弦像是發現了什麼東西似的，將視線落在琴里拿著的籃子上。琴里彷彿察覺到她的心思，應了一聲後拿出一盒火柴。

「雖然是拿來賣的，但現在也顧不得了。機會難得，就學《賣火柴的小女孩》來點火吧。」

說完，琴里拿出一根火柴。

「對了，妳剛才話還沒說完，《賣火柴的小女孩》點燃火柴後發生了什麼事？」

「喔喔，這個嘛——」

琴里一邊說一邊用火柴棒擦過火柴盒，點燃火柴。

於是下一瞬間，火光照亮的空間裡浮現出熱湯和烤火雞等各式各樣的豐盛菜餚。

「嗚哇！這是怎樣！」

「驚愕。空無一物的地方突然出現料理。」

八舞姊妹驚愕得瞪大雙眼。

然而琴里也做出同樣的反應。琴里確實處於《賣火柴的小女孩》的處境，但她萬萬沒想到真的會發生這樣的現象。

不過，火柴並無法長時間燃燒。微弱的火光僅僅維持了十幾秒便熄滅，豐盛菜餚的影像也同時消失無蹤。

「啊！消失了。」

「驚嘆。竟然會有這麼奇妙的事情發生。火柴裡是加了什麼能看見幻覺的成分嗎？」

「不，我想不是這麼驚悚的原因……」

琴里苦笑著說完，耶俱矢便一副興味盎然的樣子凝視剩下的火柴，開口：

「所以，這就是童話的後續？」

「對……不過因為火柴很快就熄滅了，少女在那之後也繼續點燃火柴，作了幸福的美夢，早上就死了，結局就是這樣。」

「咦！這是怎樣，好可憐喔。」

「提議。既然如此——」

夕弦像是想到了什麼點子，從小巷子裡拿來幾個小型的廢材後，堆成篝火的形狀。

「請求。琴里，把火點在這裡吧。」

「咦？啊啊，好。」

琴里被這麼一說，立刻拿起火柴棒劃過火柴盒，在廢材上點火。微弱的火苗不久後逐漸化為烈焰。

於是幻覺與火勢成正比，剛才的光景填滿了整個小巷。多到吃不完的豐盛菜餚、溫暖的壁爐，甚至是溫柔微笑的士道。

「嗚哇，好厲害！幻影！超真實的耶！」

「驚愕。連士道都出現了。果然是反應出琴里渴求士道的心情吧。」

「妳……妳很煩耶……不過，能取暖真是謝天謝地。」

賣火柴的小女孩竟然用火柴點燃篝火，就故事性而言根本就是破壞氣氛吧……不過，為了保命，也只好犧牲氣氛了。不論故事再怎麼淒美，一旦自己成為當事者，怎麼可能甘願在雪地裡凍死嘛。琴里將掌心貼近篝火，溫暖凍僵的手。

原本冰冷的指尖這才終於恢復了感覺。然後，肚子同時「咕嚕嚕……」地發出哀號。

「哦？琴里，汝該不會肚子餓了吧？」

耶俱矢像是想起什麼事情似的，擺出一副高高在上的態度說話。琴里一臉不好意思地羞紅了臉頰。

「唔……我有什麼辦法啊。我剛才差點就要凍死了耶……要是這些料理真的能吃就好了。」

琴里如此說著，朝浮在周圍的料理伸出手。不過……果然還是幻影的樣子，她的手只抓住了空氣。

「……果然沒那麼好命。」

琴里一臉悔恨地低吟後，耶俱矢「啊」地叫了一聲，捶了一下手心。

「對了，夕弦。剛才的……」

「妙計。這麼說來，還有那個呢。」

「……？到底是什麼啊？」

琴里一臉納悶地皺起眉頭。耶俱矢和夕弦便解開隨身攜帶的大包裹，讓琴里瞧瞧放在裡面的東西。

「！這是……」

琴里不禁瞪大雙眼。

不過，這也是理所當然的事。因為兩人身上的包包裡面放著的是一堆餅乾和糖果等各式各樣的零食。

「妳們兩個怎麼會有這些東西？」

「嗯？本宮回過神後，就和夕弦兩人待在黑森林裡了。走了一陣子後，就來到一間用糖果做成的房子。」

「說明。因為我們肚子餓了，就吃了一部分的牆壁和屋頂。」

「什麼……」

聽見兩人的說明，琴里一雙眼睛瞪得老大。不過，把自己的處境和她們的比對後，琴里便一副了然於心的樣子點點頭。

「原來如此……妳們兩個是《糖果屋》裡的漢賽爾與葛麗特啊。」

「漢賽爾與……」

「疑問。葛麗特嗎？」

兩人歪了頭表示惑疑。琴里對她們輕輕點點頭。

「沒錯。這也是童話故事，在說一對被母親拋棄的兄妹在森林裡發現一間糖果屋……我問妳們，那間糖果屋沒有人住嗎？」

琴里詢問後，兩人便像是想起什麼事情似的點頭稱是。

「聽汝這麼一提，是有住著一個老婆婆。她一直邀請吾等進去屋裡，但因為太可疑了，吾等就沒有理會她。」

「首肯。結果，她凶神惡煞地跑來追我們。」

「呵呵！不過，像她那種老婆婆，怎麼可能敵得過吾等健步如飛的八舞！」

「真相。耶俱矢被老婆婆驟變的態度嚇得邊跑邊哭。大概還漏了一點尿。」

「才沒有漏尿好嗎！」

「…………」

聽見兩人的對話，琴里露出一抹苦笑。本來漢賽爾與葛麗特是被那個魔女抓走了，但是……看來是白擔心了。

「反正……妳們沒事就好。話說，我可以要一點糖果來吃嗎？」

「當然。盡量吃吧。」

說完，耶俱矢挺起胸膛，將零食遞給琴里。琴里伸出手回答：「那我就不客氣了。」

她先挑選餅乾、甜甜圈這類卡路里較高的東西，扔進嘴裡咀嚼。平常是少女天敵的高卡路里食物，在這種狀況下也成為了可靠的能量來源。當糖分一點一點地在口中擴散開來，琴里同時也感覺到手腳漸漸充滿了力量。

「呼……總算又活過來了。這時如果有加倍佳棒棒糖就更完美了……但現在也不能說這麼奢侈的話就是了。」

琴里將一顆沒有棒子的糖果扔進口中後上下移動，做出晃動不存在的棒子的動作。八舞姊妹瞪大雙眼發出「喔喔……」的聲音。

「看得見。看得見理應不存在的棒子……！」

「驚嘆。空氣加倍佳。」

看見兩人誇張的反應，琴里不禁苦笑。

「妳們在說什麼啊……總之，得救了。謝謝妳們，耶俱矢、夕弦。」

「呵呵，別客氣。這種程度的小事，對吾等八舞來說易如反掌。」

「首肯。有困難時大家互相幫助。」

兩人莞爾一笑如此說道。琴里點頭回應後，面有難色地將手抵在下巴。

「話雖如此……狀況還是沒什麼改變呢。這到底是怎麼回事？……難不成，我們真的被困進書本的世界裡了嗎？」

迷失這個世界前的最後記憶是在〈拉塔托斯克〉的基地與威斯考特對峙，然後被吞進巨大的書本裡。那無庸置疑是魔王〈神蝕篇帙〉的力量，但三人並不清楚自己目前處於什麼樣的情況。

「總之，得想辦法回到原來的地方才行……」

琴里說完後，耶俱矢便盤起手臂，發出低吟。

「話說的沒錯，但吾等應該採取什麼行動？」

「這個嘛……我也不知道。不過，既然我們像這樣相遇了，表示其他人很有可能也散落在這個世界的某個角落。先跟其他人會合，再思考策略——」

就在琴里話說到一半的時候，巷口方向傳來馬車經過道路的聲音以及人的說話聲。

『……哎呀，今天馬車真多呢。發生了什麼事嗎？』

『你不知道嗎？今天城堡有舉辦舞會，聽說要公開什麼不得了的東西喔。』

『不得了的東西？是什麼啊？國王的私生子嗎？』

『才不是呢……我有個朋友在城堡工作，聽說是發現傳說中的人魚，獻給了城堡。然後國王非常滿意，想要展示給參加舞會的達官貴人看。』

『人魚？別傻了，哪有那種東西存在啊？』

『我說的是真的。好像會「達～～令～～達～～令～～」這樣唱歌喔。』

「…………」

這露骨的傳言宛如故意說給琴里三人聽一樣，三人聽見後面面相覷。

「……妳們怎麼想？」

「這不用問了吧……」

「慌亂。夕弦覺得自己百分之百知道那條人魚的真面目。」

三人沉默了數秒後，不約而同地站起身來。

◇

——〈佛拉克西納斯〉的艦橋上響起通知緊急事態的警報聲。

螢幕上顯示出拍攝基地內部的攝影機影像、基地內的平面圖，以及在平面圖上移動的好幾個紅點，引起船員們的混亂。

「——敵方雖然已經停止空中投彈，但似乎改成在基地內部引發槍擊戰！」

「基……基地內偵測出 DEM Industry 的巫師，和無數的〈幻獸・邦德思基〉！」

「司令他們呢！」

「從剛才起就呼叫過好幾次了，無法取得聯絡！」

「事……事情怎麼會變成這樣！啊啊啊啊，神啊，蜜絲緹啊啊啊！」

船員們分不出是怒吼還是哀號的聲音迴蕩在艦橋中。順帶一提，中津川將照理說應該被禁止的美少女公仔擺放在控制檯上，像是在對神像祈禱似的雙手合十。

不過，這也是理所當然的事。因為根據〈拉塔托斯克〉基地發來的情報，DEM Industry 的空中艦艇出現在基地上空，開始攻擊基地。

船員們為了出發到外太空而努力在〈佛拉克西納斯〉的艦橋上進行調整作業。從他們的角度來看，就宛如側臉毫無預警挨揍一樣。儘管船員們至今經歷過各式各樣戰況慘烈的戰爭，但還是第一次遇見這種情況。

「……！……！」

其中一名船員椎崎雛子將手擱在胸口，企圖使她打著熱情節奏的心臟平緩下來。然而，越是想著要冷靜，心跳就越是跳得劇烈強勁。

就在這個時候，她的個人螢幕上顯示出「ＭＡＲＩＡ」這幾個字母。

「咦……？」

雛子瞪大雙眼，接著個人螢幕內建的擴音器傳來〈佛拉克西納斯〉ＡＩ瑪莉亞的聲音。

『椎崎，沉著一點。遇到這種情況時，比敵人還要可怕的就是自亂陣腳，迷失自己。冷靜下來，照訓練時應對吧。沒問題的，我最明白你們有多優秀。』

「咦，那……那個……好的。」

聽見瑪莉亞率直的話語，雛子目瞪口呆地點頭回應。

雛子突然望向四周，發現其他船員似乎也發生同樣的情景。眼前的螢幕亮起，瑪莉亞一一對所有船員信心喊話。其他人都和雛子一樣驚訝——不過，也漸漸恢復了冷靜。

此時，正巧傳來副司令神無月的聲音。

「哎呀，被搶先一步了。瑪莉亞說的沒錯，大家冷靜下來吧——基地那邊發來的通知是？」

「報告……！基地要〈佛拉克西納斯〉將五河司令以及士道、精靈們傳送到艦艇後，前往〈黃道帶〉的身邊，執行作戰任務！」

「唔……很好。既然如此，我們該做的事就是在司令他們回來之前完成所有的準備工作，還有保護〈佛拉克西納斯〉。」

神無月態度沉著地說了。船員們一瞬間屏住氣息，然後回答：「了解！」

然而──下一瞬間……

響起遠比剛才還要巨大的爆炸聲，隨後〈佛拉克西納斯〉的艦身劇烈震動。

「唔……！這是怎麼回事！」

川越搓揉著撞到控制檯的頭說著，螢幕更顯示出〈佛拉克西納斯〉外部的景像。

機庫內可以看見數具〈幻獸・邦德思基〉和一群裝備 CR-Unit 的巫師身影。看來，敵人終於抵達這裡了。

「艦身下部受到砲擊！損壞程度輕微，但敵方巫師打算包圍〈佛拉克西納斯〉！」

聽見箕輪說的話，其他船員感到戰慄。

「糟了，必須立刻採取措施才行！」

「可是，總不能在機庫內發射砲彈吧──」

艦橋掀起一陣騷然。

於是，神無月拍了拍手。

「──我有辦法。瑪莉亞，展開隨意領域。範圍五〇，屬性為阻礙魔力生成。」

『了解。啟動基礎顯現裝置。展開隨意領域。』

瑪莉亞以冷靜的聲音如此說完，艦內便響起「轟轟轟轟轟……」的微弱聲響──〈佛拉克西納斯〉的周圍展開隱形的領域。

瞬間，原本待在機庫內的數具〈幻獸・邦德思基〉宛如斷線的傀儡頹倒在地。

「！〈幻獸・邦德思基〉倒地了！」

「對。我用這邊的隨意領域中和了敵方的隨意領域。對靠生成魔力行動的人偶來說，這是致命的一招。」

「不……不愧是副司令！」

「但是……」

幹本發出讚賞的聲音。不過，神無月並沒有洋洋得意，而是維持一本正經的表情。

神無月說出這句話的同時，爆炸聲再次響起，艦橋微微搖晃了一下。

「──妨礙的終究只是隨意領域，對活人和砲彈沒有任何作用。」

「什麼……！」

「這樣不就沒有意義了嗎啊啊啊！」

響起船員們哀號聲的下一瞬間，艦橋的門扉方向突然發出「砰！」的一聲，三名身穿接線套裝的巫師立刻舉著手槍踏進艦橋。

「所有人把手舉起來！」

「如果做出可疑的舉動，我就立刻開槍！」

「呀……呀啊！」

事發突然，雛子發出尖叫聲，高舉雙手。其他船員也按照敵人的指示，舉起手不敢動彈。

三名巫師確認船員們的狀態後，互相使了使眼色，輕輕點點頭。

「哦？這就是傳說中的〈佛拉克西納斯〉嗎？」

「哈，光憑三人就壓制住連〈阿爾巴爾德〉都無法擊毀的龐然大物，這下可立大功了呢。威斯考特大人也會心情大悅。」

「……你們兩個不要大意。要講廢話，等束縛所有人，讓艦艇的ＡＩ沉睡後再說。」

疑似隊長的男子說完後，站在前方的兩名巫師便點點頭表示了解。

「那麼，抱歉啦，你們就乖乖地束手就擒吧。誰教威斯考特大人中意你們呢。你們不會吃虧的啦。」

巫師說完，謹慎地舉著槍邁步前進。接著，擰起最靠近自己的雛子的手，想要直接將她壓制在地。

「呀……！」

「別抵抗。我們也是被吩咐盡量活捉──」

就在巫師話說到一半的瞬間──

「──────！」

雛子的頭上出現一張巨大的虎臉，朝巫師咆哮。

「嗚……嗚哇啊啊啊！」

巫師被突然出現的巨大野獸身影嚇得發出驚愕聲，扣下手槍扳機。

不過，子彈卻穿過了老虎，擊中艦橋的牆壁，發出「鏗！」的清脆聲響反彈到其他方向。

巫師這時才發現原來出現在那裡的野獸身影不過是立體影像。

「什麼……！」

其他兩名巫師的注意力也在一瞬間被那隻野獸吸引。於是，神無月立刻消失了蹤影，隨後抓住雛子手的巫師發出短促的悶哼聲，倒向後方。

「咦……？啊——」

雛子片刻之後才反應過來。原來是神無月以迅雷不及掩耳的動作逼近巫師，由下往上踹了巫師的下巴一腳。

「幹得好，瑪莉亞。待會兒我幫妳把動力部擦得亮晶晶吧。」

『你很噁心耶，神無月。』

聽見神無月帶有動作的這番話後，瑪莉亞冷漠地回答。目瞪口呆的巫師們這才回過神，將槍指向神無月。

「你這傢伙……！」

「竟然抵抗——！」

不過，在他們扣下扳機之前——

「啊……啊啊啊啊啊啊啊啊啊啊啊啊啊啊啊啊啊啊啊啊啊啊啊！」

中津川悲痛的吶喊聲搶先一步響徹艦橋。

「怎……怎麼回事？」

聽見突如其來的叫聲，其中一名巫師將槍口轉而指向中津川。然而，中津川完全不在乎，只是發出抽泣聲。

望向他的手中後——這才發現他嗚咽的理由。原來剛才跳彈的那顆子彈，好巧不巧地射中了中津川的公仔，射飛了公仔的上半身。

「混帳……混帳混帳混帳混帳啊啊啊啊！我的蜜絲緹啊啊啊！」

中津川悲痛至極地發出充滿怨嘆的聲音後朝地面一蹬，衝向把槍口對著自己的巫師。

他那無法違背良心稱讚是纖瘦的身體如字面形容的一樣，化為肉彈逼近巫師。

「唔……！」

巫師朝中津川扣下手槍的扳機。子彈射穿中津川的肩膀，血液四濺。

然而，中津川沒有露出絲毫恐懼和疼痛的表情，直接擒抱住巫師將他撞倒在地。

「唔啊！」

巫師的後腦杓猛烈撞擊到地面，發出痛苦的叫聲。然而，中津川仍不肯罷休。他跨坐在巫師身上，一個勁兒地毆打巫師。

「嘎啊啊啊啊啊啊啊！」

「喂……唔！唔啊！」

就算是巫師，沒有隨意領域保護也跟常人沒兩樣。被中津川跨坐在身上的巫師雙手護住頭部，手臂遮擋住臉龐。

「你……你這傢伙……！」

最後一名巫師看見這幅光景後，將槍口指向中津川。

兩人的距離大約是十公尺。而且跟剛才不同，中津川是停留在原地。只要是受過訓練的巫師，子彈勢必能正確命中目標吧。

「……！」

雛子瞬間將手伸進懷裡，拿出手製的稻草詛咒娃娃。

然後迅速地在內心默唸自己的願望，緊握住詛咒娃娃的身體。

「嗚呀！」

於是下一瞬間，持槍的巫師便發出奇特的哀號聲，像被人折腰一樣向後仰起身體。

神無月不可能放過這個機會。他像剛才一樣瞬間逼近疑似隊長的巫師，踢掉他手上的槍，手臂繞過他的頸部，緊勒他的頸動脈讓他昏倒。

——換算成時間，大概不到三分鐘。

在這短暫的時間內，〈佛拉克西納斯〉面臨危機——然後又脫離了危機。

「呼……總算順利打倒敵人了呢。」

神無月拍了拍手說。聽見這句話，除了中津川以外的其他船員同時吐出安心的氣息。

「呼……我還以為我會死呢。」

「就是說啊。我心臟都快麻痺了……啊，中津川，那個人好像已經昏死過去了，你就別再打了。」

箕輪說完後，中津川流下熱淚，一邊抽泣一邊停下動作。

「嗚……嗚嗚……蜜絲緹。我對不起妳，蜜絲緹……」

可能這時中津川肩膀受傷的痛楚才終於襲來，只見他發出哀號在地上滾來滾去。

「我的肩膀！好痛！喔喔喔！喔喔喔喔喔喔！」

「啊啊，真是的，你不要在那邊大吵大鬧啦。村雨分析官，可以麻煩妳嗎？」

「……好。我先幫他止血吧。子彈看來是貫穿過去了，只好暫時使用醫療用顯現裝置治療，應該沒什麼問題。總之，先把上衣脫掉。」

令音說完，開始幫中津川做應急措施。

這時，瑪莉亞對大家說：

『——各位，辛苦你們了。在三名巫師昏倒的期間，回收他們的顯現裝置和武器，把他們綁起來吧。還有，中津川、椎崎。』

「嗚……嗚嗚嗚……幹嘛？」

「什……什麼事？」

兩人突然被叫到名字，抬起頭後，瑪莉亞便簡短地告訴他們：

『我確認過公仔和詛咒娃娃在戰略上的用途了。我會慎重考慮讓你們把它們帶上艦橋。』

◇

「——哈～～啾！啊……煩死了。」

看見二亞大剌剌打噴嚏的模樣，士道不禁露出苦笑。

「喂、喂，妳還好嗎？」

「一點都不好。這裡是怎樣，未免太冷了吧？」

二亞將大衣的衣領立起來遮起脖子，如此說道。

但也難怪她會有這樣的反應。因為士道一行人之後便在大野狼的帶領之下翻山越嶺，抵達之前提到的城下街……而一進入街道的瞬間，季節、天氣，甚至連時間都在一瞬間完全改變。

覆蓋周圍一帶的白銀之雪。天空已經降下夜幕，街燈照耀著街道。跟剛剛為止截然不同的光景。想必這也是「故事」混合在一起的這世界特有的現象吧。

「少年，我問你。你有把脫掉的布偶裝帶過來嗎？」

「沒有耶。妳還問我，妳身上穿的不是大衣嗎？……十香跟四糸乃還好嗎？」

士道這麼一問，兩人便同時點點頭。

「嗯，我沒關係。」

「還好。我很適應寒冷的天氣。」

兩人說完的同時，二亞再次打了一個大噴嚏。

「……唔，可惡。少年，快點找到妹妹她們，回到溫暖的地方去吧。」

「嗯，也對。我看看……根據大野狼所說，味道好像是從那座城堡傳出來的。」

說完，士道望向街道遠方的大城堡。

順帶一提，他們與帶路的大野狼在進城之前分開了。因為他們預想如果帶著那隻大野狼進城，肯定會引起騷動。

而實際上，路人也頻頻對穿著奇特的士道一行人行注目禮。不過……他們這群人明顯是世界觀和國籍不同的人，也難怪路人會有這種反應，但心裡還是不太舒服呢。

「總之，先往城堡前進吧。反正也沒有其他線索。」

聽見士道的話，其他人點頭首肯。士道也點頭回應她們後，邁步走在城鎮的大街上。

——不知道走了多久，士道一行人在城堡前停下腳步。

理由很單純。因為似乎有人起了什麼爭執。

「那是……」

士道定睛觀察狀況。似乎有三名少女正圍著一名疑似守護城門的衛兵，但那些人是——

「琴里！耶俱矢！夕弦！」

士道呼喚那三名少女的名字。三人聽見呼喊聲後，回頭望向士道。

「！士道！原來你平安無事啊……呃，你們的打扮是怎麼回事？」

琴里一看見士道一行人的身影便一臉疑惑地如此說道。士道苦笑著加快步調，來到琴里她們的身邊。

「妳們也都平安無事啊，太好了……話說，妳們到底在幹什麼啊？」

士道詢問後，耶俱矢一臉不滿地交抱雙臂。

「正如汝所看到的。吾等想進去看看城堡裡的人魚……」

「人魚？」

「對。好像是一條會『達令、達令』叫的珍奇異獸喔。」

「……原……原來如此。」

士道臉頰流下汗水，露出苦笑。沒有比這個更有說服力的證據了。

「不過，那邊那個衛兵不肯通融。」

「不滿。他不放夕弦三人進城堡。」

聽見八舞姊妹說的話，衛兵露出凶狠的表情出聲說道：

『那是當然的啊！今天有許多達官顯貴會來參加城堡的舞會。我怎麼能放你們這種窮酸的傢伙進去啊！』

「汝說什麼？混帳，汝難道看不出本宮全身上下充滿貴氣嗎！」

「憤然。只憑衣服來判斷人的價值，最差勁了。」

『吵死了！那些新跑出來的傢伙又是誰啊！不僅窮酸，還奇怪得很！少囉嗦，趕快滾一邊去！要不然我就把你們全部抓去關！』

衛兵大聲怒吼，揮了揮手驅趕琴里她們。看來士道等人的登場又更加深他的不信任感。不過……這也無可厚非啦。

「這樣下去，很難進去城堡了呢……」

「但也不能放棄吧……要不然偷偷潛進去如何？」

「不，本宮覺得直接讓這個衛兵昏倒比較快。」

「讚賞。真是個好主意。」

琴里和八舞姊妹露出邪惡的表情說完，衛兵的臉色更加凶惡了。

『妳們這群傢伙，當我耳聾啊！真是的，老子受不了了。我要把你們全部——』

就在這個時候——

後方傳來馬車奔跑的聲音，衛兵突然止住話語，愕然瞪大了雙眼。

「嗯……？」

士道一臉疑惑地回頭望向後方——這才終於明白衛兵為何會露出那種表情。

因為有一輛漂亮的馬車奔馳在城鎮的大道上。

毛色光亮的白馬、沐浴在街燈下閃閃發光的車身，那夢幻的姿態宛如從幻想世界走出來一般。

和士道一起望向那個方向的精靈們也暫時被那輛馬車奪去目光，啞然失聲。

那輛馬車在眾人的注目下停在城堡前。車夫畢恭畢敬地打開車門後——一名女性從中現身。

她身穿宛如鑲嵌寶石閃閃發光的禮服，相貌美麗，絲毫不會被她的禮服掩蓋光彩。另外——她腳上金光閃耀的是一雙夢幻的玻璃鞋。

那高雅的姿態，令衛兵以及周圍參加舞會的人和路人都紛紛屏住了呼吸。

「……這……」

不過，只有士道他們這群外面世界的居民對那名女性表現出些許不一樣的反應。

的確很美，的確非常耀眼奪目。但重點在於那名女性是——

「妳不是七罪嗎！」

和士道等人一起被吸進這個世界的其中一名精靈。

「哎呀，士道，還有大家也在啊。你們好啊。」

七罪身穿華麗的禮服，露出優雅的笑容如此說道。

話雖如此——那副模樣既是七罪，又不像七罪。高挑的身材、亮麗的秀髮，明顯是使用〈贗造魔女〉的力量變身後的七罪。

「七……七罪，妳這副模樣是怎麼回事啊……難不成，妳可以使用天使的力量嗎？」

琴里詢問後，七罪便靜靜地搖了搖頭。

「不是。是有一個魔法師出現在我面前，把我變成這個樣子的。呵呵，你們看，這雙玻璃鞋很漂亮吧？」

說完，七罪當場轉了一圈，禮服的裙襬隨風飛揚。

士道和琴里互相對視——從她的眼神察覺到她的心思。

想必琴里也已經發現了吧。發現七罪處於什麼樣的「故事」。

不過，七罪沒有發現兩人的表情，悠然走向衛兵。

「——你好呀，衛兵先生。可以讓我通行嗎？」

『是……！當然，請過吧。』

衛兵擺出與先前截然不同的態度讓出道路。耶俱矢等人見狀，十分不滿地嘟起嘴唇。

「喂，汝這傢伙，對待吾等時的態度可不是這樣啊。」

『住……住嘴！像她這種高貴之人，怎麼能和妳們相提並論！』

衛兵大喊後，七罪便像是察覺到什麼事情似的抽動了一下眉毛。

「哎呀，難不成耶俱矢妳們也想進入城堡嗎？」

「是啊。但那邊那個不明事理的傢伙不讓吾等通行。」

「哦……這樣啊。」

七罪如此說完，用嫵媚的手勢撫摸衛兵的下巴。

「──她們是我的隨從，可以讓她們一起通行嗎？」

『什麼……！可……可是……』

衛兵瞪大雙眼，屏住了呼吸。七罪一副覺得他的反應很有趣的樣子呵呵笑了笑。

「好嘛……讓她們過嘛。」

『是……請……請通──』

然而，就在衛兵回答到一半的時候──

設置在城牆上的大時鐘發出「噹、噹……」的鐘聲。

於是下一瞬間，七罪的身體發出淡淡的光芒──

響起「砰！」的一聲，她的身體縮水了。

「嗚哇！」

不對，不只身體。她身上穿的禮服變成到處是補丁的衣服，乘坐的馬車則變成了南瓜。

「什……什麼，怎麼會這樣啊……！」

身高變回跟四糸乃差不多的七罪急忙環顧自己的身體。

士道望向城堡的大時鐘——看見時刻，立刻恍然大悟。

因為時鐘顯示的時刻是午夜十二點。換句話說……是《灰姑娘》仙杜瑞拉魔法解除的時間。

『…………』

數秒前被七罪迷得神魂顛倒的衛兵再次板起臉孔，惡狠狠地瞪視身材縮水的她。七罪抖了一下肩膀後，直接躲到四糸乃的背後。

『……可惡！竟敢施展奇怪的法術！臭魔女，我絕對不會讓妳通過這裡！』

衛兵用充滿敵意的眼神瞪著七罪等人，阻擋在城堡前。看來……反而加深了他的警戒心。

話雖如此，總不能就放棄吧。士道發出低吟，退後一步，壓低聲音不讓衛兵聽見，對其他人說道：

「這下麻煩了……得想辦法通過才行。」

「可是……到底該怎麼辦才好？」

四糸乃將眉毛皺成八字形。於是，二亞「啊」地叫了一聲，豎起一根手指。

「像剛才對付大野狼一樣，餵他吃十香的糯米丸子如何？你想嘛，那對小狗、猴子、雉雞有效。真要說的話，人類不也算是靈長類嗎？應該會有效吧？」

「不成。假設有效好了，他應該也不會吃可疑人物給的東西吧……倒不如像剛才的七罪一樣，打扮得華麗正式一點，搞不好進得去喔。」

聽見士道說的話，琴里皺起眉頭。

「問題是我們又沒有禮服可穿。抱歉，我身上一毛錢也沒有。我們還因為沒錢而差點凍死呢。我們身上有的頂多只有零食跟火柴——」

說到這裡，琴里像是想到什麼主意般將手抵在下巴。

「嗯？妳怎麼了，琴里？」

「……大家，可以跟我過來一下嗎？」

琴里說完呼喚其他人，離開城堡前。衛兵「哼」地吐了一口氣，像在趕狗一樣揮了揮手。

「喂，妳要去哪裡啊，琴里？」

「別管，跟我走就對了。」

琴里在路上走了一陣子後轉進小巷子，拿起扔在巷子裡疑似廢材的木片。

然後撕開身上穿著的裙子下襬，將它纏繞在木片上。

沒錯。宛如──在製作臨時的火把一樣。

「這是……」

「其實我還想浸油，但應該可以維持一陣子吧。」

琴里聳著肩說完，接著從手提的籃子裡拿出火柴，閉上眼睛像在默念，最後點燃火把。

於是，火把的火光照亮琴里，她身上穿的衣服竟然變成鮮豔的紅色禮服。

「嗚喔！這是……！」

士道驚訝得瞪大雙眼後，八舞姊妹捶了一下手心。

「！原來如此，《賣火柴的小女孩》的幻影火柴啊！」

「了解。用這個的話，的確能讓我們看起來像穿了禮服。」

耶俱矢和夕弦如此說道。她們也搖身一變，穿著華麗的禮服。不，不只如此。待在火把的火光照亮範圍內的精靈們也全都變身成宛如貴族千金的裝扮。

「喔喔！竟然！」

「好漂亮……」

精靈們發出驚訝的聲音。

雖然不清楚是什麼原理，但……靠這個方法的確有可能騙過衛兵的眼睛。

不過，士道將視線落在火光照射下自己的模樣，臉頰流下了汗水。

「……話說，為什麼連我也穿著女生的禮服啊？」

沒錯。不知為何，連士道的裝扮也跟其他人一樣，變成美麗的晚禮服。順帶一提，他的臉上還化了妝，頭髮長到蓋住整個背……簡直就像士道扮女裝時的「士織」模樣。

「因為我覺得既然是仙度瑞拉參加的舞會，女生比較容易混進去。你想嘛，王子要尋找結婚對象，很可能招待鄰近的貴族子女吧。沒有其他的意思啦。」

「……真的嗎？」

士道瞇起眼睛詢問後，琴里便非常敷衍地點了點頭回答：「真的。」

「…………」

雖然有些懷疑，但這也無可奈何。士道輕聲嘆了一口氣後，便跟著琴里再次走向前往城堡的道路。

第五章 主角

「喔喔……！」

用幻影火柴變身成華麗禮服姿態的十香眼睛散發出閃耀的光彩，環顧整個大廳。

不，不只十香。八舞姊妹和四糸乃也一臉興奮地東張西望。

話雖如此，這也無可厚非。因為現在士道一行人所在的城堡宴會廳既豪華又壯麗，正如字面上所示，是個宛如童話故事中才能看見的空間。

熠熠生輝的水晶吊燈、鋪滿整間大廳的深紅色地毯，甚至連樑柱和樓梯的扶手都設計得優美細緻，說是日常家具再自然不過的餐桌上擺放著豪華的豐盛菜餚。

聚集在這裡的人應該都是名門子女，所有人都身穿美麗的禮服，以優雅的舉止談天說笑。

沒錯。士道一行人因為琴里的靈機一動，終於突破那個城門的衛兵。

……不過，因為剛才士道等人的長相被衛兵記得一清二楚，突然穿著美麗的禮服出現，令他有點懷疑就是了。

「啊，大家，我能了解妳們的心情，不過別跑太遠喔。要是跑到火把照不到的地方，可是會顯示出原本的面貌。尤其是十香，妳會一口氣變回日本第一。重點在於，在大人物聚集的宴會會場裝備日本刀，真的會引發問題。」

「嗯！我知道了！」

琴里舉起臨時製造出來的火把如此說完，十香便精神奕奕地回答。

然而數秒後，站在十香旁邊的八舞姊妹走得太快，一時控制不及，不小心走出了火光照射的範圍。

「嗚喔！」

「慌亂。糟糕。」

耶俱矢和夕弦的裝扮從美麗的禮服變回到處是補丁的服裝。兩人發出錯愕的聲音後，做出有如體操選手的姿勢扭轉身體，退回後方。

有幾個人聽見八舞姊妹的聲音，一臉納悶地轉過頭來，但由於事情發生在一瞬間，似乎沒有人目擊到她們漢賽爾與葛麗特的裝扮。琴里見狀，唉聲嘆了一口氣。

「真是的，我不是提醒過你們了嗎？小心點啦。我們可是費盡千辛萬苦才成功混進來的。」

「對……對不起……」

「道歉。以後會注意。」

兩人意志消沉地垂下頭。琴里無奈地聳了聳肩。

「好了……話說，之前提到的那位人魚公主在哪裡呢？」

「嗯……沒看見類似的身影呢……」

就在士道東張西望環顧整個大廳的時候，他的眼角餘光突然出現一個人影。

『——這位美麗的小姐。』

「咦？」

突然有人向士道搭話，他望向聲音來源後，看見一名身穿優雅男士禮服的青年。

『方便跟我跳一支舞嗎？』

青年露出溫柔的微笑，彬彬有禮地伸出手。士道見狀，望向琴里。

「哈哈，竟然有人邀請妳跳舞。妳很受歡迎嘛，琴里。哥哥我都要吃醋了呢。」

不過，青年一臉納悶地歪了歪頭，目不轉睛地凝視著士道的雙眼，再次說了：

『不是，我邀請的不是那邊那位嬌小的淑女，而是妳。』

「…………………………什麼？」

聽見青年說的話，士道露出困惑的表情——但他馬上就回想起來，自己現在因為琴里的幻影火柴而變身成穿著禮服的士織模樣。

但士道可沒有興趣跟男人跳舞，更何況離開火焰效果範圍的瞬間，他便會恢復男生的樣貌。女生在跳舞的時候變成男生，可就不是《灰姑娘》的故事了。

「……你邀請的不是這位？」

士道臉頰流下汗水指著琴里，青年便聳了聳肩，表現出一副「又在開玩笑」的態度。

『妳真是幽默呢。不過，妳開這種玩笑，那邊那位小姑娘未免也太可憐了。小朋友，妳看，那邊的桌上有很多好吃的蛋糕喔，妳要不要去吃？』

青年用哄小孩的語氣笑著對琴里說。琴里的額頭瞬間冒出青筋。

「你……你說什麼？」

「喂、喂，冷靜一點啦，琴里……」

士道不希望在這裡引起騷動。他慌慌張張地按住火冒三丈的琴里的肩膀。

於是就在這個時候，一名打扮成侍從模樣的女性出現在大廳內側的舞臺上，朝在大廳相談甚歡的賓客們出聲說道：

『——各位，不好意思打擾你們歡談。請注意臺上這邊。現在即將公開世界珍奇的人魚公主的歌聲。』

聽見這句話，整個會場騷動了起來。就連剛才邀請士道跳舞的男性也發出『哦……』的聲音，興致勃勃地望向臺上。

「妳……妳看，琴里，我們的目的在那邊吧。我們移動到容易看見的位置去吧。」

「……哼，也好。大家，我們走吧。」

琴里儘管一臉不滿，還是招了招手呼喚其他人，走向大廳的內側。

於是，舞臺上垂掛的布幕正好在此時緩緩朝左右拉開。

瞬間，寬闊的大廳充滿喧鬧和讚嘆。

『哎呀……』

『真的是人魚吧。』

『好美呀……』

大概是想布置成海邊的風景，舞臺上布滿一片薄薄的水，零星擺放了幾顆大石頭。

而一名腰部以下是魚尾，外表楚楚可憐的少女就坐在其中一顆石頭上。

微濕的頭髮、貼上貝殼製成的泳衣、水嫩的肌膚、濕潤的眼瞳。那副模樣活脫脫就像是從童話故事走出來的人魚公主。

不過，正如大家所預想的——

「呀！這……這裡是哪裡啊！達令呢？其他人去哪裡了？」

那名少女就是和士道等人一起被吸進這個世界的精靈——美九。

美九擺動著尾鰭，發出哀號聲。乍看之下宛如圖畫一樣美麗的姿態，一開口好像就破壞了許多美感。

『喂、喂，給我安靜一點。有那麼多客人在看呢。』

「就……就算妳這麼說……」

美九將眉毛皺成八字形，發出軟弱無力的聲音。於是，一名女性侍從在她耳邊竊竊私語地繼續說道：

『事到如今，妳就不要再鬧脾氣了。妳已經被國王買下。既然如此，就該為國王效力。來，唱歌吧。據說人魚擁有最動聽的歌聲，讓從遠方來訪的達官顯要聽聽妳的歌聲吧。』

「人家才不要！人家是擁有最動聽的歌聲沒錯，但連長相都不知道的國王，人家才不要侍奉他呢！無法說服人家的工作，人家是不會做的！」

聽完侍從說的話，美九撇過頭去。

或許是看見美九的態度，大廳再次充滿喧鬧聲。侍從可能是認為不該讓大家看見美九對國王採取反抗的態度，她露出有些銳利的眼神瞪視美九。

『妳既然已經被城堡買下，就是國王的東西。妳要是不乖乖聽話，國王也會生氣喔。』

「哼！就算他再怎麼生氣，也不甘人家的事！」

『是妳逼我的。不唱歌的人魚留著也是沒用。我就去請求國王允許我拿妳當作明天湯品的食材吧。』

「哇！美九最喜歡唱歌了！」

可能是不想被拿去煮成魚湯，美九額頭冒出汗水，露出假笑。

看見這幅光景，士道無力地露出一抹苦笑。

「美九……被抓到一個可怕的地方了呢。」

「是啊。看來是掉進《人魚公主》的故事裡了，不過……《人魚公主》的情節是這樣嗎？」

琴里如此回答士道後，一臉疑惑地歪了歪頭。

總之，不能任由事態如此發展下去。要是美九被煮成魚湯就糟糕了，但讓她心不甘情不願地勉強自己唱歌也很可憐。士道和琴里等人一起再走近舞臺。

就在這個時候，美九像是發現士道他們的身影似的瞪大了雙眼。

「！達令！還有大家！你們都平安無事啊！」

「是啊，好不容易活下來了。聽說這座城堡有人魚公主才過來調查——」

「啊……！為什麼你們都穿著那麼漂亮的禮服啊！而且達令還是士織模式！咦！咦！人家想聽變成這樣的來龍去脈！沒有留下記錄影像嗎！」

正如字面上所示，美九如魚得水般（雖然她一開始就浸在水裡了），眼神散發出閃耀的光芒，用尾鰭拍打著水面。

她恢復精神是很好啦，但這樣下去事情會無法進展。士道張開掌心，要美九冷靜下來。

「妳……妳冷靜一點。重要的是，妳怎麼會落到這步田地？」

士道臉頰流下汗水如此詢問，美九便做出調整呼吸的動作，接著回答：

「好的……等人家回過神後就變成這副模樣，待在海裡了～～人家想去找大家，結果出現了一個不懷好意的魔女，她跟人家說想變成人類的話，就要用人家的聲音跟她交換。」

「喔喔……原來如此。」

聽完美九說的話，士道點頭表示了解。童話《人魚公主》的故事情節確實是這樣沒錯。不過，本來應該是對地上的王子一見鍾情的人魚公主主動去問魔女變成人類的方法……類似這樣的形式才對。

「可是，妳還維持人魚的模樣，就代表……」

「沒錯！竟然想奪走人家的聲音，真是太令人不敢置信了！人家拒絕她之後打算離開，沒想到她窮追不捨，人家就用尾鰭甩了她一巴掌，逃跑了！」

美九莞爾一笑說道。士道「啊哈哈」地發出苦笑。

雖然美九不知道故事情節，但魔女提出的交換條件也太亂來了。美九是偶像兼歌手，聲音是她的生命，怎麼可能答應這種交換條件。

「可是呀……當人家想用這雙腳去找大家的時候，就在海邊被漁夫給抓走了……」

士道點了點頭表示「原來如此」。她這種狀態確實很引人注目，而且也很難在地上到處逃。

正當士道和美九談話的時候，從剛才就以懷疑的眼神看著士道他們的侍從開口對他說：

『……不好意思，你找這條人魚有什麼事？』

「啊——這個嘛，其實她是我們的朋友……妳可以放她自由嗎？」

士道老實地如此請求後，侍從便皺起眉頭露出嚴厲的表情。

『和人魚……是朋友嗎？令人一時之間無法置信。就算是真的，她已經是國王的所有物。我無法接受你的要求。請回吧。』

「怎……怎麼這麼霸道……那美九的意願怎麼辦？」

『她的意願怎麼樣都無所謂。她是國王的所有物，物品不需要意志。』

侍從冷淡地說道。可能是對她說話的態度感到惱火，只見站在士道背後的精靈們露出銳利的視線。

「唔……沒必要這樣說吧？」

「就……就是……說啊……！美九才不是物品……！」

「啊，可是，『妳是我的東西，沒有拒絕的權利。』這在少女漫畫裡不是令人心動的臺詞嗎？我覺得問題出在說話的人身上。少年，你說說看這句臺詞。」

「……二亞妳別說話，會把事情越弄越複雜。」

七罪瞇起眼睛，一臉無奈地對露出微笑的二亞如此說道。

『…………』

侍從看見精靈們反抗的態度，皺起眉頭後拍打雙手。

『來人啊！這幾位小姐要回去了。鄭重地送她們離開！』

聽見侍從的呼喚聲，好幾名身穿鎧甲的衛兵走進大廳，包圍住士道他們。大廳裡立刻喧鬧了起來。

「什麼……！」

「哦？要用暴力手段嗎？」

「應戰。既然如此，只能強行突破了。」

八舞姊妹露出銳利的視線，身體微微向前傾擺出戰鬥姿態。於是，可能是對她們的動作感到警戒，衛兵們採取像是要衝向士道等人的姿勢。

「呵呵，好大的狗膽啊。也罷，不怕死的就儘管放馬過來吧。即使無法使用天使，本宮也不會輸給汝等。」

「請求。由夕弦和耶俱矢來開路。美九就交給士道你們照顧了。」

聽見兩人說的話，士道猛然皺起臉孔。

他並不想動粗，但……事情演變到這種地步也無可奈何了。

「唔……沒辦法了。大家！」

「喔喔！」

「好喔！」

呼應士道的話後，十香拔出刀，而二亞則是拔出兩把手槍……不過，多虧琴里的幻影火柴，這些武器看起來就只是美麗的花束罷了。

──無論如何，精靈們與衛兵雙方都進入備戰狀態。一觸即發的緊張感。只要再有一項擾亂氣氛的因素，戰鬥就將展開。

然而，此時──

從大廳內側通往樓上的螺旋階梯……

那上方傳來一道凜然的聲音。

「──到底在吵什麼？」

『……！』

聽見這道聲音，侍從慌張得瞪大雙眼。

大廳裡所有人的視線同時集中到那個方向。

『喂、喂……』

『那該不會是──』

『不會吧，竟然能親眼見到！』

宴會的參加者發出驚訝的聲音。此時，侍者正巧朝那道聲音的方向恭敬地垂下頭。

『國王陛下，不好意思驚動您了。因為出現了一群暴徒想要搶奪您的財產人魚，小的正派人驅除他們。馬上就解決了……』

「！國王陛下！」

聽見侍從說的話，士道反射性地抬起頭。

這也難怪。國王是這群衛兵的主人，說得難聽一點，是美九的所有人。太幸運了。只要能說服國王，或許就能平息這場紛爭。

「那……那個！我們是這條人魚的朋友！所以……」

士道傾訴般說道——卻在中途止住了話語。

理由很單純。因為這位「國王」的長相很眼熟。

「折……折紙！」

士道不由得發出高八度的聲音。沒錯。站在他眼前的正是披著看起來非常高級的紅色披風，頭戴王冠的折紙。

「——士道。」

折靜輕聲說完，環顧大廳的狀況，接著宛如推斷出所有事情般點了點頭，用力甩了一下她身上的披風。

——瞬間，士道與精靈們瞪大了雙眼，抖了一下肩膀。不過，只有美九發出興奮的語氣說出：

「哎呀！」

這也無可厚非。

因為──折紙的紅色披風下一絲不掛。

然而，折紙卻不怎麼害羞的樣子，反而還有些得意地慢步走下樓梯。

『那……那就是傳聞中的……？』

『是啊……多……多麼豪氣的服裝啊！』

『就……就是說啊！宛如霧靄一樣……！』

騷動又開始蔓延整個大廳。不過不知為何，場內的聲音感覺比剛才多了些言不由衷。

折紙對那些聲音置若罔聞，走向前來到臺上後，再次裝腔作勢地甩了一下披風，發出宣言：

「他們是我的賓客。不准傷害他們。回到你們的工作崗位。」

『可……可是……』

「妳要我再說第二遍嗎？」

折紙翻動披風，側著身子望向侍從。於是，侍從怯生生地顫抖。

『噫……！非……非常抱歉……！』

侍從再次深深低下頭，和一群衛兵一起離去。

折紙確認他們離開後，面向士道一行人。

「士道，還有其他人，幸好你們平安無事。」

「是……是啊……妳也……那個……沒事吧？」

士道不知道該把視線放在哪裡，如此說完，折紙便一臉納悶地歪了歪頭。

「我不明白你說的意思。」

「沒有啦……就是啊，妳沒有……遇到強盜吧？」

正當士道不知道該怎麼指摘而慎選辭彙的時候，十香猛然指向折紙。

「折……折紙！妳這是什麼模樣啊！怎麼光溜溜的！」

宴會廳瞬間嘈嚷了起來。

『那孩子……竟敢這麼說！』

『竟然敢批評國王的服裝……會被處死的！』

這種聽了令人心驚膽跳的聲音此起彼落……人民竟然會如此害怕國王，折紙到底是實施了何等暴政啊？不過，當折紙被代入故事情節時，事情就已經決定了，也不能說是她的責任吧。

然而，折紙絲毫不在意十香說的話，反而一副覺得十香很可憐的樣子搖了搖頭。

「這是從一個裁縫師旅人手上買的，只有愛士道的人才能看見的衣服。既然妳看不見這件衣服，就代表妳……」

「什麼……！等……等一下！」

十香慌張地說完，目不轉睛地盯著折紙的身體。

「唔……嗯……這件衣服做得真精細，簡直跟人的肌膚一樣……」
「……不用勉強沒關係啦，十香。」
琴里將手擱在十香的肩上。
「折紙，妳被騙了。那個怎麼看……都是《國王的新衣》啊。」
「…………」
聽見琴里說的話，折紙僵在原地好一陣子才拉起披風的前襟。美九大叫出聲：「討厭啦！人家還想再看一下！再看一下就好！」
《國王的新衣》。記得故事是在描述國王被一名旅行的裁縫師欺騙，買下一件「聰明的人才看得見」的衣服而淪為天大的笑柄。這也是有名到只要是日本人都曾聽過一次的故事……
「我完全沒察覺。」
折紙輕輕搖了搖頭，如此說道。
「……妳不覺得奇怪嗎？」
「他說是懂愛的人才看得見的衣服，我就覺得好像隱約能看見。」
「是……是嗎……巫師的想像力還真是豐富呢。」
琴里臉頰流下汗水，露出一抹苦笑。
「反……反正，這下子全部的人都到齊了。接下來必須尋找脫離這個世界的方法才行。雖說

這裡的時間跟外面的時間流逝速度不同，但我們被吸進這裡也經過了不少時間……」

說完，琴里望向折紙和美九。

簡單地向兩人說明這個世界的事情後，詢問兩人：

「妳們兩個掉到別的地方去了吧。來到這裡之前，有沒有看見什麼能夠幫助我們脫離這個世界的人物或物品？」

折紙和美九面面相覷，搖了搖頭。

「沒看見什麼特別的。」

「人家也沒看見。頂多只有遇到魔女和漁夫而已。」

「這樣啊……」

雖然沒對她們抱太大的期待，但琴里還是有些遺憾地嘆了一口氣。

結果，折紙接著說出：「不過──」

「我現在是這個國家的國王，可以在全國發布告。應該能命令國民尋找那類的人或物品。」

「！原來如此……人海戰術嗎？這樣的確是比只靠我們幾個人找要來得有效率多了。可以拜託妳嗎？」

「了解。不過，具體來說要尋找怎麼樣的東西呢？」

折紙詢問後，二亞高聲回答：

「嗯，這個嘛，因為這是個能依照自己的想法擴大解釋的世界，所以我認為只要是故事中能實現願望的物品都可以。比如《阿拉丁》的神燈、《一寸法師》的寶槌之類。移動空間的超能力者之類的人物感覺在漫畫或電玩裡會出現，但我想前者的東西知名度較高，應該比較好找。」

「原來如此，我明白了。那我立刻——」

就在這個時候……

折紙回答到一半的瞬間——

室內突然響起玻璃破碎的轟然巨響，隨後一隻大野狼衝破城堡的窗戶闖進宴會廳。

『呀……呀啊啊啊啊啊！』

『有怪物啊啊啊！』

看見突然出現世界觀差異過大的怪獸，舞會的參加者驚聲尖叫，四處竄逃。琴里被一口氣湧向大廳出口的人潮推擠，弄掉了手中的火把。

「啊……！」

只是將布纏繞在廢材上臨時製成的簡單火把，想必也已經接近極限了吧。所幸火勢沒有延燒，只是冒出黑煙，火焰熄滅。

火焰熄滅的瞬間，士道等人被夢幻火光照耀的裝扮恢復成原本的姿態。

話雖如此，服裝已經不是什麼大問題了。因為有更大的障礙出現在士道等人的眼前。

大野狼看都不看四處逃竄的參加者一眼，慢步朝士道他們走來。

『喂——剛才受你們照顧啦，小豬和他的同伴們！竟敢把本大爺當成僕人使喚！』

說完，大野狼氣憤難平地發出低鳴聲。聽見這句話，士道皺起了眉頭。

「剛才的大野狼……？怎麼會？你不是吃了十香的糯米丸子，變得很溫馴嗎！」

『哈！那種東西早就消化掉，變成糞便了啦！』

大野狼拍了一下肚子，並且發出嚎叫聲。

「原來糯米丸子消化就沒效了喔！」

士道不禁大叫出聲。這時，城堡的衛兵們現身，將手上的長矛指向大野狼。

『國王，請退後！』

『這裡交給我們！』

然而——

『少逞……英雄！』

大野狼舉起牠如巨木的手臂一揮，成排的衛兵便一口氣被吹飛，撞翻桌子，摔到牆壁上。

「哎呀……真不愧是有名的反派呢。十香，再給牠吃一次糯米丸子吧。」

二亞如此說道，同時拔出收起過一次的手槍。十香點點頭回應，將手伸進掛在腰際的袋子。

「嗯，交給我吧。來吧，大野狼，吃下這顆丸子吧。」

說完，十香將糯米丸子朝大野狼的大嘴扔去。

然而——在糯米丸子即將接觸到大野狼嘴巴的前一刻，突然靜止在空中。

「什麼……！」

十香發出慌張的聲音。接著，一名身穿黑衣的鷹鉤鼻老婆婆如水波般晃動的身影浮現在那個空間。

『咯咯咯……大野狼啊，你未免太疏忽大意了吧。』

老婆婆如此笑道，那個笑容令人毛骨悚然。接著她捏碎了擋下來的糯米丸子。

八舞姊妹見狀，赫然屏住了呼吸。

「嗚喔，汝這傢伙是……！」

「驚愕。糖果屋的老婆婆。」

於是，老婆婆加深了她臉上令人不寒而慄的笑意。

『咯咯咯咯咯……沒錯，可恨的漢賽爾和葛麗特。盡情享用了我的糖果屋後，竟然就這麼給我逃跑……！我本來打算把你們養胖之後再吃掉的，但我已經等不及了。我現在就要當場把你們從頭開始吃掉。』

『嘻哈哈哈哈！妳胃口還真大啊，老婆婆。不過，小豬和小紅帽是我的獵物！』

大野狼說完哈哈大笑。琴里突然表情一沉。

「唔……光是大野狼就夠棘手了，現在又多了一個魔女……！」

『啥？我說妳是不是誤會了什麼？』

「你說什麼……？」

琴里皺起眉頭，大野狼的嘴角裂到耳朵，露出不懷好意的笑容。

『──誰說事情到此為止啦？』

在大野狼說完這句話的瞬間，大量的海水從牠撞破的城堡窗戶流了進來。

「什麼……！這是──」

海水淹沒了宴會廳後，突然咕啵咕啵冒起泡泡──形成一條老人魚的姿態。

看見老人魚的身影，美九猛向指向她。

「啊啊！妳是想奪走人家聲音的海魔女！」

『……呵呵呵，沒錯。我要來報被妳甩了一巴掌的仇恨。不只聲音，我還要連妳的舌頭都拔掉……！』

海魔女露出猙獰的笑容。看來故事裡對士道等人心懷怨恨的反派們共同聯手了。

結果，這次又響起了「咚咚咚……」地鳴般的腳步聲，隨後一隻穿著虎紋圖案圍腰布的巨大惡鬼掄起狼牙棒破壞城堡的牆壁，進入大廳。

「唔……那副模樣，該不會是鬼島上的鬼吧！」

十香抖了一下肩膀說完，鬼便歪了歪他那長著獠牙的嘴。

『沒錯。因為我等到天荒地老，妳都還沒來，我就自己找上門來了。』

「明明沒什麼仇恨還自己找上門！」

士道不禁大叫出聲。森林魔女和海魔女也就罷了，但從那隻鬼說話的語氣判斷，他根本還沒遇到十香的樣子。

不過，事情仍未到此為止。大野狼的同伴接二連三地聚集到城堡的宴會廳。大廳的門開啟後，出現了三名身穿禮服，看起來十分壞心眼的女人。

『喔呵呵呵！仙度瑞拉！憑妳也敢參加舞會，未免太自大了！』

「仙度瑞拉的繼母和姊姊……！雖然是壞人角色沒錯，但妳們被歸為和鬼以及魔女同一個分類也沒關係嗎！」

於是，這次則是換一名年幼的少年跑了過來。

『國王沒穿衣服……就因為我說了這句話，我的父親就被關進大牢……不過，即使如此！我還是會不停訴說事實！國王沒穿衣服！』

「《國王的新衣》是那麼沉重的故事嗎！」

緊接著，虛空中亮起一道火焰，一名眼神陰鬱的老婆婆現身在其中。

『我的孫女呀……再多點幾根火柴吧……然後，來到我的身邊……』

「賣火柴的小女孩死去的奶奶完全變成惡靈了！」

正當士道如此吶喊時，這次換無數蝙蝠從破掉的窗戶飛了進來，聚集在一起形成人的形體。接著濕淋淋的地面隆起，出現殭屍——甚至還出現不知該如何形容，光看就覺得噁心的怪物。

「這……這是……」

「啊，這大概是我的漫畫。第一部吸血鬼篇的吸血鬼和第二部不死王篇的活死人，還有第三部舊眾神篇無以名狀的怪物。銀色子彈屠殺異形。超人氣硬奇幻《SILVER BULLET》，週刊少年BLAST好評連載中！」

「所以說，少年週刊角色人物力量超強的現象不可取啊！」

二亞一派輕鬆地如此說道，士道便語帶哀號地回應她。

回過神後，寬廣的宴會廳裡聚集了一群異形怪物和反派。而且他們散開成圓形，避免士道等人逃跑，一步一步縮短距離。

「唔……！」

這壓迫感與剛才受到衛兵包圍時的感覺根本無可比擬。不過，這也是理所當然的事。雖然有一部分例外，但如今包圍士道等人的是著名故事的反派和怪物。而且，士道這一方還無法使用天使。身體迅速察覺到有生命危險，將信號轉成激烈的心跳，試圖把這個訊息傳達給大腦。

「混帳，怎麼能輸給你們……！」

在所有人因緊張和焦躁而表情嚴肅的時候，發出吶喊聲的是十香。她將手上的刀一閃，朝地面一蹬，衝向眼前的鬼。

「喝啊啊啊啊！」

不過，在那一擊擊中鬼之前，站在左右兩側的魔女施展魔法攻擊十香。光之彈射中十香的身體，引起小小的爆炸。

「唔哇！」

十香在空中受到來自兩個方向的攻擊，發出痛苦的叫聲。於是，站在前方的鬼趁機舉起巨大的狼牙棒，朝十香的身體用力揮下。

『哈哈哈哈！妳太大意了，桃太郎！』

「唔……！」

十香似乎立刻用刀防禦那一擊，但在腳步無法踏穩的半空中無法擋住攻擊。十香的身體被擊中，撞擊在充滿海水的地板上。

「十香！」

士道呼喚十香的名字，急忙想飛奔到她的身邊。然而——

『哎呀，看旁邊可是很危險的喔，小豬啊啊啊啊！』

那一瞬間，頭上傳來大野狼的聲音，同時腹部受到劇烈的衝擊。

「唔啊……！」

腦袋慢一步才理解。看來士道似乎是被大野狼用牠如巨木的手臂從側邊揮來的攻擊所擊中。士道的身體輕而易舉地被擊飛，撞擊到大廳的牆壁上，就這麼掉落在地上。

「唔……啊……」

「士道！」

「士……士道……！」

精靈們發出憂心忡忡的聲音想衝到士道的身邊。不過，大野狼等人卻阻擋了她們的去路。

『哎呀，真是遺憾，此路不通。』

「唔……！」

「四……四糸乃……」

「我……我沒事，七罪……！」

精靈們一臉不甘，又或者該說是一臉不安地緊挨著彼此。

成排的反派見狀，露出不懷好意的笑容逼近精靈們。

『好了……死心吧！』

『咯咯咯咯咯……放心吧。我會好好享用妳們的。』

『呵呵呵，人魚的舌頭會發出什麼聲音呢……』

「呀……呀啊……！」

美九摀住嘴巴，發出拍水聲。

然而，感到戰慄的不只是美九。雖然反應各有不同，但所有人都瞪著逼近而來的怪物，臉頰的汗水閃閃發光。

「唔……你們這些傢伙！」

士道好不容易坐起身子後，呻吟般大聲吶喊。

「不准對大家……出手！」

不過，猛烈撞擊到牆壁上的身體無法隨心所欲地動作。雙腳使不上力，再次發出水聲，跌倒在地。

「唔啊……！」

士道皺起臉孔，緊咬牙根忍受疼痛。然後用勉強能活動的上半身在地上爬行，朝精靈們的身邊前行。

然而——為時已晚。故事的反派們已經逼近精靈們，手正要搆到她們的脖子。

『嘻哈哈哈哈！先從妳開始吧！』

「呀……！」

「四……四糸乃！你這隻臭狗……想做什麼！」

大野狼靈巧地活動狼爪，拎起四糸乃的身體。儘管七罪扒住大野狼的腳不放，大野狼也絲毫不在意，仔細端詳著四糸乃。

『嗯……妳看起來很美味呢，小紅帽。』

「噫……！」

「哇呀！你吃了我們會拉肚子的！」

「唔……！」

——這樣下去根本來不及。士道的心臟因焦躁而劇烈跳動。

不對……就算趕上了，士道的能力也有限，頂多只能拖延時間。不過就是像剛才一樣被大野狼擊飛，讓四糸乃晚個幾秒被吃掉罷了。

自覺到這一點的瞬間——

士道的腦海裡突然閃過透過通訊器聽到的六喰的話。

（假如封印了我的力量，我真的能安全地生活，勝過待在此地嗎？你過去所拯救的精靈沒有再受到敵人的攻擊嗎？）

「……——」

士道伸向十香等人的手不由得在一瞬間停住。

「我……」

士道過去封印靈力的精靈們被異形怪物襲擊的光景。

造成這個局面的原因之一不是別人，正是士道自己。這樣的想法掠過他的腦海。

假如士道沒有封印她們的靈力，大家或許就不會被威斯考特的〈神蝕篇帙〉所囚禁。

不，不僅如此。六喰說的沒錯，十香等人過去也曾被捲入各式各樣的危機。

士道為了拯救精靈，不斷封印靈力。但士道是否也因此抹消了她們的可能性？

心中懷抱的堅信產生龜裂的感覺。

自己過去做的事是否真的正確？正如六喰所說，「拯救精靈」是否只是士道的自我滿足——

『——喂、喂。竟然在這種時候煩惱，真不像你呢。』

就在這個時候——

某處傳來彷彿看透士道心思的聲音。

「咦……？」

『啥？』

士道困惑的聲音與大野狼納悶的聲音重疊在一起。

『這是什麼聲音——』

大野狼單手拎著四糸乃，疑惑地移動視線，像是在尋找某處傳來的聲音的主人。

於是，就在大野狼的視線從四糸乃身上移開的時候——

『……！什麼……！』

一條線劃過大野狼的手臂，牠的手臂立刻斜斷成兩半。

『怎……怎麼會這樣啊！』

「呀……！」

大野狼慌亂的聲音響起的同時，四糸乃嬌小的身軀連同大野狼的手臂朝地板掉落。

就在她的身體即將觸碰到地板的時候——

『——妳還好嗎，四糸乃？』

出現了一名少年，溫柔地接住四糸乃的身體。

「咦？那……那個……」

四糸乃露出困惑的表情，抬頭望向少年的臉。

不，不只四糸乃。

「咦……？」

「這……這是怎麼回事？」

其他精靈——還有士道，也目瞪口呆地凝視著那名少年的模樣。

不過，這也是理所當然。因為那名少年手中握著的劍無庸置疑是十香的天使〈鏖殺公〉——

『好了，反派們。我這個精靈守護者——五河士道，來當你們的對手。』

少年狂妄地如此說道。他的長相怎麼看都是「士道」本人。

『你……你這傢伙是哪根蔥啊！少突然出現說些沒頭沒腦的話——』

大野狼俯看自己被砍斷的手臂，並且狠瞪「士道」。

然而下一瞬間，「士道」將〈鏖殺公〉一揮而下，大野狼巨大的身軀立刻漂亮地斷成兩半。

『嘎……嘎啊啊啊啊啊！』

大野狼留下淒厲的臨終叫聲，一分為二的身體化為破成碎片的書頁，飄落在地面。

其餘的反派見狀，發出「噫」的叫聲屏住了呼吸。

『什麼……！大野狼竟然！』

『你……是何方神聖！』

兩名魔女大喊，聲音蘊含著戰慄。於是，「士道」揚起嘴角。

『我是個路過的高中生。』

「士道」如此回答後朝濕漉漉的地板一蹬，揮舞〈鏖殺公〉，衝向那群反派。

他彈飛魔女的魔法，輕而易舉地切斷狼牙棒，趁勢在鬼的巨大身軀上開了一個洞。鬼和大野狼一樣發出震動地面的慘叫聲，變成破碎的書頁。

即使如此，「士道」依然沒有停止他的快攻。他輕盈卻又強而有力地將〈鏖殺公〉運用自如，一個接一個與成排的反派交戰。

士道有些呆愣地望著這幅情景。

「這……這是怎麼回事……」

「士道！」

正當士道目瞪口呆的時候，十香等人從前方衝了過來。

「你沒事吧，士道？有沒有受傷？」

「嗯……我沒事。重點在於，那究竟是……」

士道困惑地再次望向與反派不斷交戰的「士道」後，琴里便同樣皺起眉頭。

「怎麼看都是士道……對吧。士道，難道你會使用分身術嗎？」

「不會，我不記得自己拜過忍者為師……」

士道回答後，二亞惑疑地將手抵在下巴說道：「嗯……？」

「話說，那個少年二號該不會是『這個世界』裡的人物吧？」

「咦……？」

聽見二亞說的話，士道也狐疑地皺起眉頭。

如果是這樣，一切的確都解釋得通。但是如此一來，又浮現了別的疑問。

這也難怪。因為這裡是混合了許多故事的幻想空間。只要沒有士道登場的故事，就不可能存在「士道」這個角色——

「啊啊啊啊！」

正當士道思考著這種事情的時候，七罪突然大叫出聲。

「七罪，妳……妳怎麼了？」

「……我……我知道……！我知道那傢伙……！」

七罪伸出顫抖的手指，指向和反派上演全武行的「士道」。

「妳說什麼……？真的嗎？七罪！」

「真……真的。話說……大家應該也知道才對啊！因為那傢伙……那個『士道』，是我們上個月才畫出來的不是嗎！」

「——！」

聽七罪這麼一說——

士道與精靈們赫然屏住了呼吸。

——沒錯。是有的。

本以為不可能存在的故事。

以五河士道為主角的故事。

士道等人上個月為了讓宣言只愛上過二次元角色的二亞迷戀上士道，擬定了一個計畫。那就是——畫一本以「士道」為主角的漫畫，讓二亞閱讀。

「可……可是……那是同人誌不是嗎！裡面的主角竟然衝出來救我們，這未免也太稱心如意了吧！」

士道說完，二亞緩緩搖了搖頭。

「不會……我不是說過嗎，少年？創作沒有樊籬。只要是曾創造過的故事，都可能存在於這個世界。更何況畫出那故事的『作者』全聚集在這裡呢，召喚角色的『機緣』是最強的……！」

打扮成自己漫畫人物的二亞有些激動地繼續說：

「而且那個少年二號既是『五河士道』卻也不是。是那本同人誌上畫的，為了讓我看見他拯救精靈的英勇模樣好讓我迷戀上他，特別打造出來的『五河士道』啊！」

「所……所以呢？」

「請求。要求說明。」

二亞滔滔不絕地說了。八舞姊妹歪了歪頭表示不解。於是，二亞猛然舉起手接著說：

「也就是說！簡單來說——他是大家所描繪出來的『超帥超強少年』啊！」

二亞大喊的同時，「士道」將〈鏖殺公〉一揮而下，殺死最後一個二亞漫畫中的敵人角色。

『呼……』

然後，他輕輕撥了撥頭髮，慢步走到士道的身邊。

『嗨，你還好嗎，「我」？』

「嗯，還好……」

聽見平常別人不曾使用的稱呼，士道儘管感到困惑，還是給予回覆。

「謝謝你的幫忙……『我』。」

『哈哈，這樣互相稱呼，簡直就跟狂三一樣呢。』

說完，「士道」發出笑聲。面對這宛如照鏡子的奇妙感覺，士道不由得露出苦笑。

『不過……還真是倒楣呢。「我」們會在這個世界——是威斯考特幹的好事吧？』

「士道」露出些許銳利的視線如此說道。

琴里儘管對於有兩名士道這件事本身感到有些困惑，還是點點頭回答：

「……是啊。既然你知道得這麼清楚，事情就好說了。你知不知道有什麼方法可以回到原本的世界？我們必須盡早回去才行。」

於是，「士道」若無其事地點了點頭。

『喔喔，這個就交給我吧。』

「咦！」

琴里發出錯愕的聲音。不過，這也無可厚非吧。因為「士道」說話的語氣實在太過輕鬆，一個不留神甚至會當成耳邊風帶過。

「有……有辦法離開這個世界嗎？」

琴里詢問後，「士道」便展示手上的〈鏖殺公〉回答：

『是啊。因為這個空間是利用天使的力量製造出來的世界。照理說，同樣使用天使的力量應該能打破這個世界才對。即使我的存在是虛構，但在這個世界裡，我使用的天使就是正牌。』

『可是──』「士道」緊接著說：

『我能做的，終究只是創造出這個世界的出口。如此一來，當你們回到外面世界的瞬間，有可能會出現在威斯考特的面前喔。』

「什麼……！」

聽見「士道」說的話，琴里瞪大了雙眼。

「怎麼這樣……那我們該怎麼辦啊？我們必須馬上趕到六喰身邊才行──」

就在琴里的表情染上戰慄之色的時候──

「──我早就猜到可能會遇到這種狀況了！」

二亞突然大喊，打斷琴里。

「二……二亞，妳幹嘛突然……」

「嘿嘿嘿。這句臺詞我一直很想說個一次看看呢。怎麼樣啊？有沒有很像幹練的女人？」

「……要開玩笑可以等一下再開嗎？」

琴里瞇起眼睛無奈地說了，二亞便搔了搔頭回答：「啊～～抱歉、抱歉。」

「我早有準備。少年二號，不用擔心路徑的問題，可以立刻打開出口嗎？」

「喂，妳在說什麼啊，二亞？就算回到原本的世界，要是出現在威斯考特的面前，不就重蹈覆轍了嗎！」

「嘖、嘖、嘖，這麼說就不對了。」

二亞將手指像節拍器一樣擺動，嘴脣彎成新月的形狀。

「我在被吸進這裡的前一刻，事先在外面的世界顯現出〈囁告篇帙〉了。〈神蝕篇帙〉和〈囁告篇帙〉是一體兩面。當然，應該也能當作與這個世界連結的路徑。」

「……！也就是說——」

士道說完後，二亞點了點頭。

「沒錯。除非那傢伙一直等在原來的場所，否則不太可能碰到面。」

二亞說完眨了眨眼。精靈們「喔喔！」地發出興奮的叫聲。

「二亞，妳好棒！」

「呵呵，很有一套嘛！」

「讚賞。原來妳不只是個酒鬼而已呢。」

「哎呀，哈哈，說得我都害羞了。再多誇我一點。」

二亞得意洋洋地挺起胸膛。

於是，「士道」將〈鏖殺公〉扛在肩上，望向士道一行人。

『很好，那我馬上行動嘍？』

「好，拜託你了。」

琴里說完後，「士道」輕輕點了點頭，垂下雙眼集中意識後——

『——喝啊！』

發出如裂帛般清厲的氣勢，同時將〈鏖殺公〉一揮而下。

瞬間，四周狂風大作——〈鏖殺公〉劍刃揮下的空間產生一道可以讓一人通過的「裂縫」。

『只要通過這裡，應該就能回到原本的世界了。』

「士道」將〈鏖殺公〉的劍尖插進地板，莞爾一笑。

『——你們剛才提到的六喰，是新的精靈吧？加油喔，「我」。一定要拯救那孩子。』

「……——」

聽見「士道」說出與伍德曼分開時相似的話，士道感覺到自己的心臟震動了一下。

「……？你在幹什麼啊，士道？該走嘍。」

琴里一臉納悶地望著一語不發的士道，指引大家前往裂縫。

「——謝謝你的幫忙，『士道』。你也保重。」

『好。我會替妳們向「這邊」的妳們問候一聲。』

「哈哈……對喔，那本同人誌的人物既然存在，就代表也存在著我們呢。心情好複雜啊。」

琴里苦笑著如此說完便揮了揮手道再見，下定決心跳進「裂縫」中。

精靈們隨後也一個一個向「士道」道別，被吸進「裂縫」中。

然後——當所有精靈回到原本的世界後，「士道」望向士道。

『好了，最後是「我」。快點去吧，琴里她們在等你。』

「嗯，好……」

士道乖乖走到「裂縫」前——

不過，他卻在那裡停下腳步。

——「士道」。

士道，以及精靈們創造出來的「虛構的士道」。

還有——專門幫助精靈的「理想的士道」。

面對這樣的「士道」，士道的心裡萌生出一個小小的欲望。

照理已輕易做出結論的現象、已揮開心中的迷惘，但其實仍像沉澱物一樣沉澱在士道心底。

「欸……『我』。」

『嗯？怎麼了，「我」？』

「……就跟你剛才所預想的一樣，我現在要趕到六喰這個新精靈的身邊。可是——」

士道微微皺起臉孔，結結巴巴地說起六喰的事情。

被她冷淡拒絕的事、她說自己並不希望被拯救，要士道別來煩她的事，以及——士道無法回答她提出的疑問的事。

『…………』

「士道」以認真的眼神聆聽這些話，不久後吐了一口氣。

『原來如此啊……又是一個難以取悅的精靈呢。』

「……我不小心冒出一些念頭。剛才大家被敵人攻擊的時候，我心想要是我沒有封印住大家的靈力，或許她們就不會遭遇這種事了……不過，我也知道如果不封印住她們的靈力，她們可能會遇到更痛苦的事情。可是……」

士道無法完整表達出自己的想法。他胡亂搔了搔頭髮，繼續說：

「……封印六喰的力量。我並不是對這個方針有意見。如果不這麼做，DEM又會開始攻擊她。可是，我不知道該怎麼辦……你覺得呢？你覺得——至今仍然還沒找到答案回答六喰的我，有資格再次站到她的面前嗎？你覺得我有辦法打開六喰封鎖的心房嗎……？」

士道說完後，「士道」做出沉思的動作。過了一陣子，他開口：

『──如果是我，我會再次前往她的身邊。』

「可是，六喰渴求平靜……」

『也許是吧……不過仔細思考過後，你不覺得奇怪嗎？因為鎖上自己的心房，所以一個人也不會寂寞。聽起來就像是在說如果不用天使的力量將心房上鎖，她就會寂寞得難以忍受。』

「……那是……」

「士道」說的沒錯。

如果六喰從一開始就不會感到孤獨、悲哀和憤怒──

也就沒必要特地鎖上心房──也沒必要對士道訴說這件事。

『這句話聽在我耳裡，只覺得是六喰的求救訊號。所以，去吧，不管她嘴上對你說些什麼。況且……能打開六喰緊閉心房的「鑰匙」，不是早就已經在「我」身上了嗎？』

「咦……？」

聽見「士道」說的話，士道歪了歪頭。

不過，頓了一拍後，士道察覺出這句話所代表的含意。

「……！難不成──」

『沒錯。』

看見士道的反應，「士道」滿足地點了點頭。

『不過，還有一點。換一個角度來看吧。』

「士道」如此說完，用拳頭輕輕敲了一下士道的胸口。

『——「我」是怎麼想的？剛才說的全是六喰的事。為對方著想固然很好，但光是這麼做，有時候可是會無法察覺對方的心情喔。

——欸，「我」。

「我」想為六喰做什麼事？』

「……！」

被「士道」這麼一問——

士道赫然屏住了呼吸。

接著沉默了幾秒後，深深吸了一口氣——又吐了出來。

「……嗯嗯——也對……呢。」

他慢慢地，慢慢地，說出這句話。

作為問題的回答，這句話未免有些簡短。不過在說出口的同時，士道感覺以往充滿肺腑的鬱悶空氣都隨之流向體外。

或許是察覺到士道的心情，「士道」臉上浮現微笑。

『——加油喔，高中生。』

「……你也是，路過的高中生。」

士道用拳頭與「士道」互相撞擊後，就這麼跳進空間產生的「裂縫」中。

◇

「…………唔！」

——士道感受到一股有人在搖晃他肩膀的感覺，恢復了意識。

他發出輕聲呻吟微微睜開眼皮後，便看見舉起掌心的琴里身影。

「……妳在幹嘛啊，琴里？」

「哎呀，你醒來了啊。你要是再晚一秒醒來，我正要揮下第二十次巴掌呢。」

「……妳已經打了我十九次巴掌了嗎！」

士道按住臉頰高聲吶喊後，琴里便聳了聳肩說：「我開玩笑的啦。」

士道一邊確認觸碰的臉頰不會痛一邊環顧周圍的情景。這裡並非剛才他醒來的那種稻草屋，而是牆壁、天花板四處崩落的基地內部走廊。除了琴里之外，其他精靈也都在，十香把手放在士道的肩膀上搖晃他。大家穿的並非到處是補丁的衣服或禮服，而是穿回了普通的服裝。

「真是的……我都說時間不多了，你還在拖拖拉拉什麼啊？」

琴里交抱著雙臂，「哼」地吐了一口氣。

「啊啊……抱歉。不過——」

士道在腿部施力，原地站起身後，用雙手手掌拍打了一下自己的臉頰好提起精神。

「——我已經沒事了。」

「……？是嗎。反正，你能提起幹勁就好。」

琴里一臉納悶地歪了歪頭，但又馬上努了努下巴催促大家，大概是判斷現在不是在這種地方浪費時間的時候吧。

「總之，動作快。雖然時間經過的比想像中還少，但〈佛拉克西納斯〉也有可能被襲擊。」

「嗯！」

「了解。」

精靈們點頭稱是後便跟在琴里後頭，奔跑在走廊上。士道也學她們朝地面一蹬，在至今仍不斷響起爆炸聲和槍聲的基地內前進。

接著，在遇到〈幻獸・邦德思基〉、擊破它兩次後，士道一行人終於抵達停放〈佛拉克西納斯〉的機庫。

可能是利用外部攝影機認出他們的身影，當士道等人一進入機庫時，擴音器便傳來神無月的聲音。

『——！司令！幸好妳平安無事！』

「是啊。讓你們久等了。」

琴里微微舉起手回答神無月後，走到艦身下方。士道和精靈也跟在琴里後頭——用和剛才一樣的方式一瞬間傳送到艦橋。

「——狀況如何？」

一進入艦橋，琴里便快步行走，解開穿著整齊的外套鈕釦，披在肩上。接著將右手猛然伸向旁邊後，站在那裡的神無月便恭敬地行過一禮，並且遞出放入糖果盒的加倍佳棒棒糖。

琴里接下，解開包裝，扔進嘴裡，同時在艦長席上坐下。這一連串流暢的動作令士道內心產生一股奇妙的感慨。

「是。現在基地上空停留了一艘〈阿爾巴爾德〉等級的空中艦艇。闖入基地內的巫師及〈幻獸·邦德思基〉估計有一百二十左右。就目前收到的報告統計，機構人員的死傷人數有二十一名。確認安全避難的有一百八十五名。」

「……原來如此。」

琴里表情苦澀地低吟後，螢幕上便顯示出「ＭＡＲＩＡ」這幾個字母。

『沒有時間沮喪了，琴里。妳現在必須做妳應該做的事。』

「嗯，我知道。」

琴里靜靜地吐了一口氣後，下定決心甩開留戀般抬起頭。

「——我們要執行我們的工作。〈佛拉克西納斯ＥＸ〉，準備啟航。都做好準備了吧？」

「是！」

聽見琴里說的話，所有船員同時回答。

「不過，敵人的攻擊似乎造成機庫的電線毀損，艙門無法開關。」

「嘖，沒辦法了。直接撞破吧。」

說完，琴里猛然舉起手。

「並列驅動基礎顯現裝置，展開隨意領域，發動隱形迷彩跟自動回避。」

「了解。開始並列驅動基礎顯現裝置。」

「展開隨意領域——隨時都能啟航。」

船員發出聲音的同時，艦身某處傳來的微微機械啟動聲變得更加宏亮。

琴里微微點了點頭後，瞥了後方的士道等人一眼。

「要出發嘍。保險起見，找個東西抓吧。」

「嗯，知道了。」

士道點了點頭，抓住牆邊的柱子。精靈們也有樣學樣，只有折紙和二亞緊緊抓住士道的身體，結果被十香她們剝開。

琴里無奈地嘆了一口氣後，將臉轉回前方，高聲說道：

「——〈佛拉克西納斯ＥＸ〉，出發！」

於是，彷彿回應琴里的聲音，艦身搖晃了一下——顯示在主螢幕上的機庫內壁因無形的壓力而從內側被擠壓成圓形。

然後，一股奇妙的飄浮感包圍住艦橋整體，下一瞬間，顯示在主螢幕上的風景剎那間變成了天空。

「嗚喔……！」

士道踏穩地面，從喉嚨發出聲音。

使用顯現裝置的空中艦艇並非像飛機一樣是得到揚力才能飛行，而是利用包覆整艘艦艇的隨意領域使巨大的艦身飄浮在空中。因此才能像這樣無視常識描繪軌道，在空中飛翔。

——在螢幕上顯示出的天空看見一道巨大黑影的同時，艦內響起了警報聲。

『基地上空發現敵方空中艦艇。該怎麼辦？』

擴音器傳來瑪莉亞的聲音。琴里皺起眉頭，豎起口中含著的加倍佳糖果棒。

「現在必須盡早飛向外太空才行。」

『是。』

「就算明白會受到比現在更嚴重的損害，我們也不能被那種東西占去時間。」

『是。』

「妳明白我想說什麼吧，瑪莉亞？」

『是。』

瑪莉亞淡淡地回答。琴里用手指夾起加倍佳糖果棒後，猛然將它指向前方。

「——限妳一分鐘解決。」

『這樣才像琴里。』

瑪莉亞有些開心地如此說完，琴里便對船員下指示：

「發射〈世界樹之葉（Yggd Folium）〉一號到十三號，用阻礙模式侵入敵方隨意領域後，變更為機雷模式屬性。」

「了解。發射〈世界樹之葉〉一號機到十三號機。」

顯示在副螢幕上的〈佛拉克西納斯〉的輪廓，描繪在其後部宛如大樹枝幹的部分發出紅色的光芒。

緊接著，有複數的「某種東西」飛向顯示在主螢幕上的天空。

用「某種東西」來形容的理由很單純，因為「它」穿上隱形迷彩，士道以肉眼看不見。不過，透明化的〈世界樹之葉〉以高速飛向敵艦後，描繪出來的軌跡看起來有點扭曲。

數秒後，飄浮在前方的DEM艦艇所有的部位同時發生爆炸。

恐怕敵人連自己遭受到什麼樣的攻擊都不知道吧。可憐的DEM艦艇冒出濃密的煙，朝地面墜落。

「哼。」

琴里伸出大拇指，用力比向下方。

『花費時間，五十二秒。』

「還行啦。要補回浪費的時間嘍。提升高度，一口氣穿越大氣層。」

「是！」

船員回應的同時，〈佛拉克西納斯〉的艦身微微振動，顯示在主螢幕上的景色立刻以驚人的速度朝下方飛逝。這幅光景就宛如將乘著氣球的攝影機所拍攝的影像快轉一樣。

不到數分鐘──主螢幕上的風景便將天空置於眼下。

漆黑的空間充滿整個畫面，從地上無法欣賞到的繁星釋放出閃亮耀眼的光芒。

和不久前透過自動感應攝影機所看到的是同樣的光景。士道嚥了一口口水，凝視著像是在觀察四周般移動的攝影機影像。

結果──

發現一名閃耀著金色光芒的長髮飄逸，靜靜沉睡的少女身影。

「……！六喰……！」

士道緊握住拳頭，呼喚她的名字。

他的聲音應該不可能傳到艦外，然而六喰的眉毛卻抽動了一下。

『…………唔？』

接著，六喰慢慢睜開眼皮，望向〈佛拉克西納斯〉後，伸展原本像胎兒一樣蜷縮的身體。

『……哎呀，今日客人還真多呢。』

想必是〈佛拉克西納斯〉接受外部的聲音吧，擴音器傳來微弱——但確實是六喰的聲音。

照理說在真空的宇宙空間不可能傳達到的聲音。

不過，或許是靈裝發揮了隨意領域的作用，六喰的聲音細微但清晰地震動士道的鼓膜。

『我應該已經警告過了……和方才那群傢伙是不同夥嗎？』

六喰發出『嗯嗯……』的聲音，伸了一個懶腰後旋即舉起右手，微微開啟雙唇：

『——〈封解主〉。』

說出這句話的同時，虛空中出現一支鑰匙形狀的錫杖，掌握在六喰的手中。

然後，六喰將〈封解主〉的前端刺進空間後——

「——【開】。」

轉動鑰匙，在那裡製造出一扇巨大的「門扉」。

六喰舉起手往下一揮，飄浮在四周的無數太空垃圾便被吸進那扇「門扉」。

下一瞬間，〈佛拉克西納斯〉周圍出現好幾扇「門扉」的出口，隨後無數的「子彈」從那些出口一齊傾瀉而下。

「嗚……嗚哇！」

士道看見飛來的無數石礫，不由得縮起身體。

不過，琴里絲毫沒有表現出慌亂的模樣，立刻下達指示：

「隨意領域，加強防護！」

「是！」

顯示在副螢幕上的〈佛拉克西納斯〉的圖發出淡淡光芒。

與此同時，朝〈佛拉克西納斯〉飛來的無數石礫在即將觸碰到艦身時，宛如被彈開一般碎裂四散。

「這……這是……」

「若是用天使直接攻擊倒也就罷了，像這種小石子，根本傷不了進化後的〈佛拉克西納斯〉一絲一毫。」

琴里發出「哼哼」兩聲，得意洋洋地說完，便旋轉艦長席面向士道。

「好了，士道。接下來是關鍵時刻。你做好心理準備了嗎？」

「——嗯，當然。」

士道用力點點頭透露出他的決心後，琴里便有些意外地瞪大雙眼。

「雖然我不知道你跟那邊的『士道』聊了些什麼，但你的表情變得很棒。很好。那就開始作戰吧。」

說完，琴里努了努下巴指示副螢幕。顯示在上頭的〈佛拉克西納斯〉的影像，由內往外擴展出一個圓形圖。

「接下來〈佛拉克西納斯〉的隨意領域會擴大到六喰的位置。靠這個，你應該可以不用擔心空氣和宇宙射線，不穿任何裝備自由活動。再怎麼說，約會穿太空服實在太沒品味了。」

琴里打趣似的聳了聳肩，繼續說：

「基本的姿態控制和防禦我們會負責。像剛才那種程度的攻擊，用隨意領域應該就能擋下了。你就想辦法接近六喰，開始展開攻勢。」

「…………」

士道再次凝視飄浮在主螢幕中央的六喰身影，輕聲嘆息，點了點頭。

就在這個時候——

「……那……那個啊。」

躲在四糸乃身後的七罪突然開口。

「嗯，怎麼了，七罪？」

「……沒有啦，妳說的話我沒意見……只是啊，我是在想……對方好像很危險，我們是不是也應該在場比較好……這樣……」

琴里詢問後，七罪便將視線移向一旁，結結巴巴地如此說道。

結果，這似乎激發了精靈們的認同，只見其他人也接二連三地開始發表意見：

「那……那個……如果我也幫得上忙……要是六喰發出隨意領域也防禦不了的攻擊，我可以利用〈冰結傀儡〉(Zadkiel)……！」

「哎呀，真是個好主意～～人家〈破軍歌姬〉(Gabriel)的音牆或許也派得上用場喲～～」

「喔喔！那我也要去！」

大家妳一言我一語地說了，對琴里發射渴求的眼神。

琴里露出為難的表情，一會兒後便像是敗給她們似的嘆了一口氣。

「……真拿妳們沒轍。不過，妳們只能在士道遇到危險的時候出面喔。這個作戰算是為了讓六喰迷戀上士道，突然出現太多人會讓對方產生警戒心。」

「好！」

聽見琴里說的話，精靈們大大地點了點頭。面對她們的向心力，士道不禁露出苦笑。

「大家，謝謝妳們……不過我會盡量不借助妳們的力量。能完全不借助是再好不過了。」

接著，士道踏著堅定的步伐站上剛才將他們傳送到艦橋的裝置。

「那麼，琴里。拜託妳嘍。」

「好。我馬上傳送——」

然而——就在琴里話說到一半的下一瞬間——

艦橋上的紅色燈號亮起，立刻響起「嗶！嗶！」的尖銳警報聲。

「怎麼回事！」

「……！這是……敵人！從地球飛來三……四艘ＤＥＭ的艦艇！」

箕輪高聲吶喊的同時，螢幕上顯示出複數的巨大艦影。

琴里見狀，憤恨地皺起了臉。

「……偏偏挑在這個時候。雖然有預想過這種情況，還真的來了。不過，像剛才那種蝦兵蟹將，來幾艘都……」

話說到一半，琴里抽動了一下眉毛。

她凝視著顯示在螢幕上四艘艦艇當中最小的艦影，露出嚴肅的表情——然而，她的表情卻逐漸透露出些許興奮。

流線型的樣貌為其最大特徵的白金色艦身，與周圍俗不可耐的三艘艦艇相比，外形的性質有著明顯的差異。

既然出現在這個地方，肯定是為了戰鬥而派來的空中艦艇。但那優美的模樣，看起來甚至令人覺得是為了達官顯貴訂製的禮儀用艦艇。

琴里晃動著嘴裡的加倍佳糖果棒，呼喚它的名字：

「〈蓋迪亞〉……！」

「什麼……！」

聽見那個名字，士道瞪大了雙眼。

〈蓋迪亞〉。雖然是第一次親眼目睹，但這個名字士道已經從琴里的口中聽過不下百次。

艾蓮．梅瑟斯的專用艦艇。恐怕是世界最頂尖的高速機動艦。

而它也是——在「之前的世界」擊落〈佛拉克西納斯〉的空中艦艇。

琴里臉頰冒出汗水，舔了一下嘴脣。

「……正合我意。重生的〈佛拉克西納斯〉啟航之日，就有機會一雪前恥。」

「沒問題嗎……？」

士道微微皺起眉頭說了，擴音器便傳來瑪莉亞的回答。

『不用擔心。我已經脫胎換骨。我會讓他體認到——世界第一空中艦艇的名號。』

「說得好，瑪莉亞。」

琴里將嘴脣彎成新月的形狀後，對船員下達指示。

「展開雙重隨意領域！第一層擴大到點六二二，屬性設定為空間調節。第二層設定為防禦屬性！準備戰鬥！」

「——是！」

船員們回應琴里的聲音，開始操作控制檯。

琴里確認完他們的行動後，面向士道，豎起大拇指。

「那麼，六喰的事情就拜託你了，士道。祝你武運……不對，這種情況，應該祝你——女運亨通才對。」

「哈哈，妳在說什麼啊。」

聽見琴里奇特——但十分符合這個狀況的贈言，士道不禁莞爾一笑。

「妳也是。千萬要平安無事。」

「好。」

隨著琴里簡短的回答——士道的身體被傳送到艦外。

視野從艦橋中瞬間轉換成宇宙空間，飄浮感包圍住他的全身。

「喔喔……！」

士道不由自主地發出叫聲。身體突然從重力中解放，差點在原地旋轉。

不過正如琴里所說，身體宛如被一雙無形的手支撐住，有一種不可思議的安定感。一定是利用隨意領域來保持士道的姿勢吧。

當然，由於不曾以毫無裝備的狀態在宇宙中行動，因此無法抹消這種奇妙的感覺，不過——確實能夠呼吸，皮膚感受到的也是適溫的溫度。這樣的話，應該能以平常的狀態和六喰對話。

「——很好。」

士道輕輕點了點頭後，微微縮起腳，做出踢向宇宙的動作。

接著，配合這個動作，身體得到推力，朝六喰的方向前進。

「——嗯？」

或許是察覺有人正在靠近自己，六喰將視線移向士道的方向。

然後一看見士道的臉，便微微瞇起眼睛。

「我記得你……名為士道吧……我應該說過要你別再出現在我的眼皮底下吧？」

不是透過機器，第一次從六喰口中直接發出來的聲音震動著士道的鼓膜。

士道心中充滿了些許緊張、興奮、使命感以及決心。他凝視著六喰的雙眼。

「沒想到妳還記得我的名字，真是我的榮幸。妳該不會一直很想見我吧？」

「……唔？」

六喰歪了歪頭。她的模樣不像是聽不懂士道所說的意思。真要說的話——可能比較接近懷疑說出這種話的士道腦子是不是有問題。

不過，士道絲毫不在意地繼續說：

「覺悟吧，賴皮鬼。我的自我滿足——可是深不可測喔。」

在俯看天地的永暗世界——

精靈與人類的密會交戰揭開序幕。

To be Continued

後記

好久不見，我是橘公司。在此為您獻上《約會大作戰 DATE A LIVE 14 行星六喰》。各位讀者覺得如何呢？如果你們喜歡本書，將是我莫大的榮幸。

順帶一提，六喰的讀音是「MUKURO」。太棒了！這是自狂三以來的難讀發音，和七罪以來的危險漢字，真是令人太激動了。超酷的。我記得對責編說出這個名字的時候，還熱情地訴說不是用「食」而是用「喰」才酷！

話說，這次竟然是宇宙篇和童話篇相輔相成。就故事性來說，感覺就像是結合二亞篇的後半部以及六喰篇的前半部。

不過，童話世界的精靈們還真是可愛啊，這樣會害我想把其他角色也放進童話世界呢。我來思考一下。

睡美人令音（因為失眠而睡不著）。

竹取公主小珠（因為要求太多，把求婚者都嚇跑了）。

大野狼與七隻狂三（只能想到大野狼被圍毆的下場）。

阿里巴巴與四十狂三（阿里巴巴連殘渣都不剩）。

一〇一狂三（只有絕望）。

傷腦筋，感覺滿有趣的呢。我能在短篇或是二次創作上寫嗎？

那麼，本作品這次也在各方人士竭盡心力之下才得以完成。

插畫家つなこ老師，謝謝您這次也畫出了如此精美的插畫。每次都完成超乎我想像的人物設計，讓我非常期待。六喰也畫得超可愛的！

每次都為了我而吃盡苦頭的責編、美術設計草野、編輯部、業務人員、書店的各位，以及拿起本書閱讀的讀者們，由衷感謝各位。

接下來是第十五集。士道能讓六喰迷戀上自己嗎？

那麼，期待下次再相會。

二〇一六年二月　橘　公司

Kadokawa Light Novels

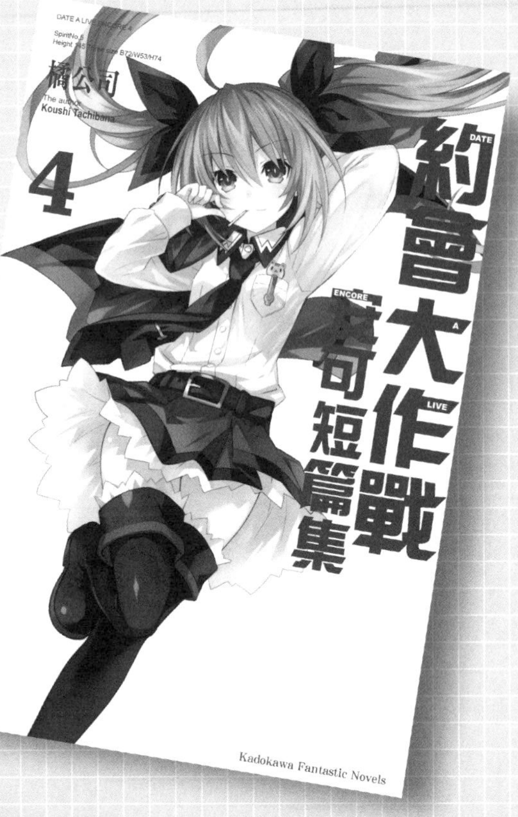

約會大作戰DATE A LIVE 安可短篇集 1~4 待續

Kadokawa Fantastic Novels

作者：橘公司　插畫：つなこ

約會忙翻天！私人的戰爭開始！
這次要揭露少女們的日常私生活！

十香一身兔女郎的裝扮在打工!?四糸乃身負重任，潛入某地搬運物資!?讓折紙回歸平凡的計畫、狂三的貓咪爭奪戰，以及真那在DEM時代度過的一天，揭露少女們不為人知的私生活！本以為平靜的日常生活卻因為一名魔王降臨而陷入再次紛擾的危機──

各 NT$200~220/HK$60~68

台灣角川

Kadokawa Light Novels

女性向遊戲攻略對象竟是我…!? 2
秋目 人 Zin Akime
插畫◎森沢晴行 Haruyuki Morisawa
Kadokawa Fantastic Novels

女性向遊戲攻略對象竟是我…!? 1~2 待續

作者：秋目 人　插畫：森沢晴行

美少女和性命，該選擇哪邊才好？
以「女性向遊戲」為名的怪怪死亡遊戲戀愛喜劇！

我被拋入女性向遊戲世界，莫名其妙成了攻略對象。本來以為美少女只會追求型男，身為平凡男子的我大可放心，但不知怎麼搞的，似乎進入充滿死亡結局「我的路線」了……我打算要盡全力避開她們，但她們不知為何就是主動接近我，使我遍地插滿死亡旗！

各 **NT$190~220/HK$58~68**

台灣角川

Kadokawa Light Novels

©2015 Kei Asuka

盜賊神技～在異世界盜取技能～ 1~4 待續

Kadokawa Fantastic Novels

作者：飛鳥けい　插畫：どっこい

分歧的勇者誠二與莉姆
兩人能否於新的城市再相見？

為追尋分開的獸人少女「莉姆」的蹤跡，誠二終於在雙胞胎蕾伊和雷恩的陪伴下啟程前往敵營斯別恩帝國。旅途中卻因鄰近出沒的盜賊團而被迫停留在意想不到的場所。這樣的誠二究竟能否順利抵達莉姆身邊？

台灣角川

各 NT$200~240/HK$60~75

Kadokawa Light Novels

高遠豹介
【插畫】こーた

今日開始
兼職四天王！
～網聚與現實世界遭遇戰～
3

Kadokawa Fantastic Novels

今日開始兼職四天王！ 1~3（完）

作者：高遠豹介　插畫：こーた

不得不表明真實身分的時刻到了⋯⋯？
笨拙的青春網遊戀愛喜劇邁入堂堂完結篇！

歷經了各種動盪事件，魔王軍（只發生在理央身上）又出現新的問題！那就是網聚邀約！不僅如此，遊戲公司為了電玩展的新地圖發表活動，特別來賓決定邀請勇者＆親衛隊和魔王＆四天王⋯⋯理央能否辦法平安度過這前所未見的巨大危機──？

各**NT$200~220/HK$60~68**

台灣角川

Kadokawa Light Novels

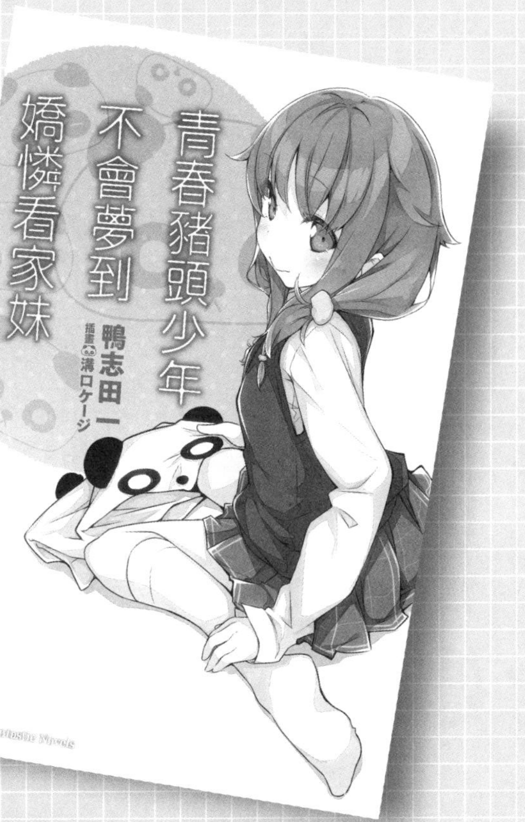

青春豬頭少年不會夢到嬌憐看家妹

Kadokawa Fantasti Novels

作者：鴨志田 一　插畫：溝口ケージ

最喜歡待在家的楓突然宣布「我要上學」！
她即將為了哥哥而告別看家生活！

咲太的初戀對象翔子寫信表示想見面，而咲太沒能將這件事告訴麻衣小姐。預料又有一番風波悄悄接近兩人!?最喜歡待在家的妹妹楓突然宣布：我要上學！遭受霸凌而走不出家門的她立下這個偉大目標，咲太決心全面協助，麻衣小姐也願意盡一份心力——

台灣角川

各 **NT$220~260/HK$68~78**

Kadokawa Light Novels

三鏡一敏
Illustration◇ファルまろ

1

瓦爾哈拉的晚餐
~山豬與龍的串燒料理~

Kadokawa Fantastic Novels

瓦爾哈拉的晚餐 1 待續

作者：三鏡一敏　插畫：ファルまろ

第22屆電擊小說大賞「金賞」得獎作品！
以諸神的廚房為舞臺的「輕神話」奇幻作品登場！

每到晚餐時間，神界的廚房「瓦爾哈拉廚房」總是非常忙碌！我，會說話的山豬賽伊，受到奧丁陛下欽點前來這裡幫忙——作為被烹調的那一方就是了！唉，我是擁有不可思議的力量，能一天復活一次，但這樣就要我每天死掉變成餐點，不覺得太過分了嗎……

NT$180/HK$55

台灣角川

Kadokawa Light Novels

想變成宅女，就讓我當現充！ 1~12 待續

Kadokawa Fantastic Novels

作者：村上凜　插畫：あなぽん

社團一行參加夏COMI！
以販售冊數決定長谷川的去留？

我們決定要以社團參加夏COMI。然而各種問題卻不斷勃發，而且還要跟動畫研比拚同人誌的販售冊數……要是輸掉長谷川就會被動畫研搶走！我……我得想辦法避免社團陷入崩壞的危機！

台灣角川

各 NT$180~220/HK$50~68

Kadokawa Light Novels

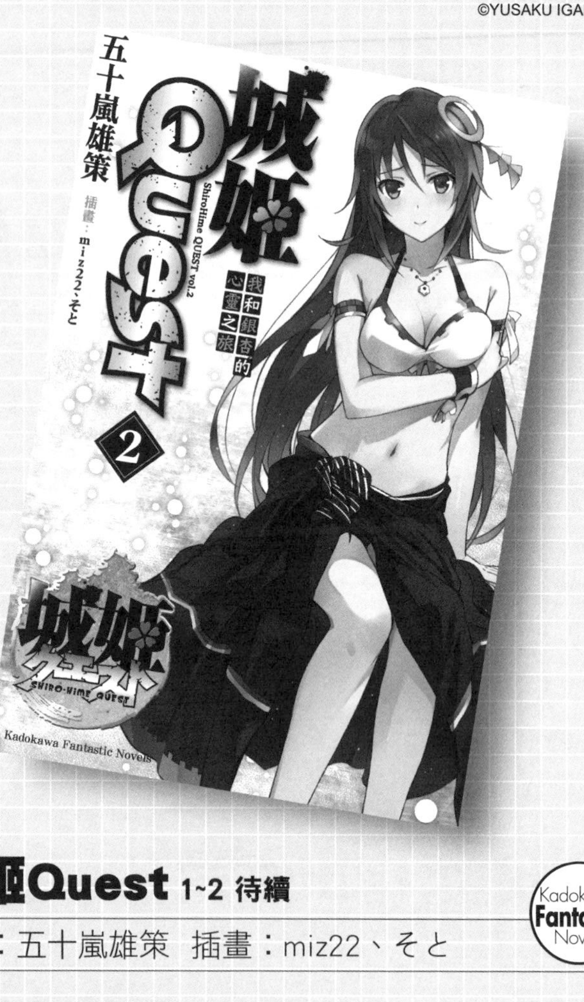

城姬Quest 1~2 待續

Kadokawa Fantastic Novels

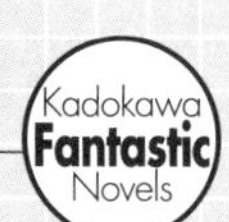

作者：五十嵐雄策　插畫：miz22、そと

廣受歡迎的城堡擬人化企畫第二彈，
在此隆重揭幕！

我天城秋宗是一個極為普通的高中生……但我因為某種契機而和「城姬」們扯上了關係。和城姬們一同度過的日子，今天也是充滿麻煩事！不只有新的城姬加入，還要去教育旅行！但旅行目的地——九州的熊本，卻出現了異常狀況——

NT$180~200/HK$55~60

台灣角川

Kadokawa Light Novels

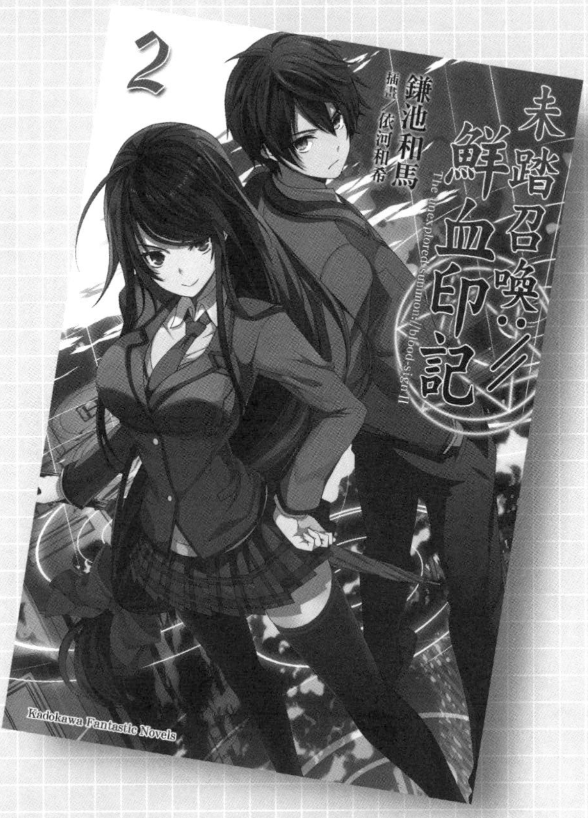

未踏召喚://鮮血印記 1~2 待續

Kadokawa Fantastic Novels

作者：鎌池和馬　插畫：依河和希

在雨夜聽見校園響起扭曲的鐘聲，
那便是「雨中少女」現身的前兆——

城山恭介連「比眾神更高次元的存在」都能召喚，卻有唯一致命弱點——「救我……現在立刻救我吧！」那就是少女發自靈魂深處的慟哭。當恭介聽見同班的圖書委員說出這句話時，便和她締結契約，藉此保護她不受「雨中少女」——已逝姊姊的鬼魂侵害……

各 **NT$250~280/HK$75~78**

台灣角川

Kadokawa Light Novels

©Rifujin na Magonote, Shirotaka 2014

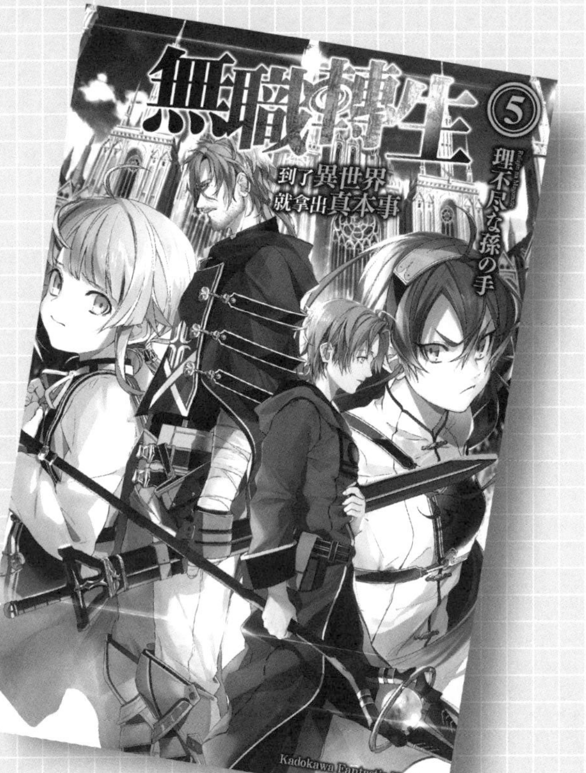

無職轉生~到了異世界就拿出真本事~ 1~5 待續

Kadokawa Fantastic Novels

作者：理不尽な孫の手　插畫：シロタカ

終於抵達米里斯神聖國首都，
與至親的意料外重逢!?

魯迪烏斯和暴力大小姐艾莉絲，身經百戰的勇士瑞傑路德，以及新加入的基斯一起到達米里斯神聖國的首都。但魯迪烏斯卻又再度目擊綁架事件！基於「Dead End」的規範，為了救出被綁架的少年，魯迪烏斯潛入綁匪的藏身處……

台灣角川

各 **NT$250~270/HK$75~80**

國家圖書館出版品預行編目資料

約會大作戰DATE A LIVE. 14, 行星六喰 / 橘公司作 ; Q太郎譯. -- 初版. -- 臺北市 : 臺灣角川, 2016.11

面； 公分

譯自：デート・ア・ライブ 14 六喰プラネット

ISBN 978-986-473-386-6(平裝)

861.57 105018854

Kadokawa Fantastic Novels

約會大作戰DATE A LIVE 14
行星六喰

（原著名：デート・ア・ライブ14　六喰プラネット）

2016年12月15日　初版第1刷發行
2024年7月3日　初版第6刷發行

作　　者：橘公司
插　　畫：つなこ
譯　　者：Q太郎

發 行 人：台灣角川股份有限公司
總　　監：呂慧君
總 編 輯：蔡佩芬
主　　編：林秀儒
編　　輯：孫千棻
設計指導：陳晞叡
美術設計：吳佳昫
印　　務：李明修（主任）、張加恩（主任）、張凱棋、潘尚琪

發 行 所：台灣角川股份有限公司
地　　址：104台北市中山區松江路223號3樓
電　　話：（02）2515-3000
傳　　真：（02）2515-0033
網　　址：www.kadokawa.com.tw
劃撥帳戶：台灣角川股份有限公司
劃撥帳號：19487412
法律顧問：有澤法律事務所
製　　版：巨茂科技印刷有限公司
ISBN：978-986-473-386-6